砂の国の鳥籠

KANO
NARUSE

成瀬かの

CHOCOLAT
BUNKO

ILLUSTRATION 三枝シマ

CONTENTS

砂の国の鳥籠

一

禍々《まがまが》しいほど青い空の下、カラカラに乾燥した白い砂が地平線まで広がっている。白と青だけで構成された世界。僕はそのただ中にいた。

僕の周りでは大きな影が蠢《うごめ》いている。僕はそれが怖《こわ》くて仕方がない。できるだけ身を縮めやりすごそうとするが、影はなかなか立ち去ってくれない。

やがてぐにゃりと影の一部が歪《ゆが》み、伸びた。

手首を捕《と》らえられ、僕は悲鳴をあげようとする。でも僕の喉《のど》からは何の音も出てこない。耳が痛くなる程の静寂《せいじゃく》の中、僕は必死にもがき叫ぶが、影は構わず僕の躯《からだ》のあちこちにまとわりつきどこかへと引きずってゆく。

瞼《まぶた》の裏が、白く、灼《や》ける。


ほろほろと涙を流しながら僕は目覚めた。

最初僕はこれも悪夢の続きなのかと思っていた。だって僕が目覚めたのはとても不思議《ふしぎ》な場所だったからだ。

でもなんだかとても懐かしい匂いがした。

上品なのに濃厚で、官能的。深く吸い込むと頭の芯がくらくらする。

これと同じ匂いを僕は知っている。呼び起こされたあたたかなイメージに、竦《すく》み上がっていた心が息を吹き返す。

ここは怖い夢の中なんかじゃない。

僕は眼球だけを動かして周囲を眺めた。

ここは、どこ？

僕はまるで教会のように天井が高い部屋にいた。

精緻《せいち》なモザイクで飾られた丸天井は、四方に天窓が穿《うが》たれている。透明な硝子《ガラス》越しに降り注ぐ陽射しが眩しい。

部屋の空間のほとんどは、僕の手首ほどの太さの鉄《くろがね》で編まれた巨大な鳥籠《とりかご》で埋まってしまっていた。

鳥籠の中は緑豊かで、格子《こうし》には可憐《かれん》な白い花をつけた蔓《つる》が絡まり、青いタイルが敷かれた床には観葉植物の鉢がいくつも置かれている。格子から下げられている鉢もある。

なぜか鳥籠の中には白い陶器のバスタブもあり、金色の猫足が優美な曲線を描いていた。

たっぷり張られた水には、一掴みの赤い花が揺れている。

それら全ての中央、鳥籠の真ん中に大きな寝台が一台据《す》えられ、真っ白な寝間着《ねまき》に包まれた僕がおとぎ話の主人公のように横たわっていた。

でも僕は幸せなおとぎ話の主人公からは程遠い気分だった。さっきまで本当に灼熱の砂漠にいたかのようにくたびれていて、酷《ひど》く怠《だる》い。おまけに泣いたせいで目元が腫《は》れぼったい。

こめかみを伝い落ちる涙を拭《ぬぐ》いたかったけれど、腕が重くて動かなかった。

手首には点滴を打たれている。銀のポールに下げられたパックから長い管が伸びているのが見える。

――なに、これ……。

鉛のように重い腕をのろのろ動かし、僕は点滴の針を抜いた。針を固定していたテープが剥《は》がれる音がやけに大きく響く。

「ハル……!?」

不意に聞こえてきた張りのある男の声に僕はびっくりして針を落とした。

他にも人がいたらしい。

ぬ、と視界に入ってきた男の顔を、僕は首を傾げ見つめ返した。

男はまるで、映画から抜け出してきた海賊《かいぞく》のようだった。

左目は黒い革《かわ》の眼帯《がんたい》で覆《おお》われている。眼帯の下からは斜めに無惨《むざん》な傷痕《きずあと》が伸びている。

肌の色は濃い褐色《かっしょく》、残った右目の色は黒。

頭には大きなスカーフをかぶり、足首まであるワンピースのような民族衣装を身に纏《まと》っている。身長は極めて高く、肩幅も広い。全身から発散される威圧《いあつ》感に圧倒されそうだ。荒削りではあったが、男の顔立ちは整っていた。どこか威厳《いげん》めいたものさえそなわっている。傷さえなければ、非の打ち所のない美丈夫《びじょうぶ》だ。

——ううん、今でも充分魅力的。そんな男が心配そうに僕の顔を覗き込んでいる。

だ、れ……？

聞いてみようとしたけれど、小さな呼吸音が漏《も》れただけで声は出なかった。

男は猛々《たけだけ》しい外見からは思いも寄らない丁寧《ていねい》な手つきで僕を抱き起こし支えてくれた。

僕はくったりと男にもたれかかり、周囲に広がる奇妙な空間を見渡した。もう一度深く息を吸い込み発声してみる。

『僕、鳥になっちゃったのかな』

掠《かす》れた吐息のような声に、男が眉根を寄せた。鋭いまなざしが、僕の目の中を覗き込む。

「何だ？《What?》　何と言ったんだ？《What did you say?》」

男が口にした言葉が聞き取れなくて一瞬戸惑ったけれど、どうしてと考えるより先に僕は聞き返していた。

『わんすもあ、ぷりーず』

もう一度、言って？

男がゆっくりと同じ言葉を繰り返す。今度はちゃんと理解できたけど、でもさっき——僕は何を言ったんだっけ。

考えてみたけれど、半分眠った頭では自分が何を言ったのか思い出せない。あふ、と小さくあくびをして、僕は男に別の事を尋ねる。

「……ね、からだ、うごか、ない」

これって、どうして？

舌ももつれてうまく喋れなくて、頭もぼんやり霞《かす》んでいて、おまけに目覚めたばかりなのにすごく眠い。

男は重々しく頷いた。

「ああ、そうだろうな。だが何も心配はいらない。少し時間はかかるが、元通りになる」

僕はほっとして、うっすらと微笑《ほほえ》んだ。

なあんだ、大丈夫なんだ。——よかった。

厚い胸にもたれ、またうとうとし始めた僕を、男が慌てて揺すった。

「待て、ハル、寝るな」

「ハ——ル？」

ハル。なんだったっけ。すごく耳に馴染《なじ》む言葉だ。ハル。——ハル。

「どうした」

怪訝《けげん》そうに目を細めた男に僕は微笑んだ。

「ハルって、何?」

「――ハル?」

繰り返され、僕は気付く。

もしかしてハルって僕の名前なのかな。

「あなたは、だれ?」

男の顔色が変わった。背筋を伸ばし、僕を見つめる。

「……俺を覚えていないのか?」

ひどくショックを受けている様子に、ああ、悪い事をしてしまったと思ったけれど、知らないものを知っているとは言えない。

「――そう、みたい」

「そうか」

淋しそうな様子が気になる。でも、もう眠くて眠くて起きていられない。僕は吸い込まれるように瞼を閉じた。

「ハル――寝るな」

男が命じる。

偉そうな声に不安が滲《にじ》んでいるような気がしたけれど、どうしても意識を繋《つな》ぎ止めておく事ができなくて。
もう一度あくびをした後、僕は深い眠りの中に沈んでいった。

二

どれくらい眠っていたんだろう。

僕は柔らかな布団《ふとん》の中でぱちんと目を開いた。

低い空調の音が聞こえる。

窓から入ってくる陽射《ひざ》しは強いけれど、室内の気温は快適だ。

民族衣装姿の男が寝台の端《はし》に腰掛けて本を読んでいる。

さっき——それとも昨日?——会ったのと同じ男だ。

男の傍《そば》にあるサイドテーブルに水差しとグラスが載《の》っているのを目にした途端《とたん》、僕は酷く喉《のど》が渇いている事に気付き起きあがろうとした。

『あれ……れ?』

躯に全然力が入らない。

『起きる』なんて両手を突いてひょいと上半身を起こすだけの動作なのに、たったそれだけの事ができない。踏ん張ると腕がぶるぶる震える。なんとか俯《うつぶ》せに体勢を変えられたものの、途中で肘《ひじ》がかくんと崩れ、僕は無様に潰れてしまった。

『ぷふっ』

「ハル？」

男が本を閉じた。

「あの、おはよ、ござ、います」

うまくまわらない舌で辿々《たどたど》しく挨拶すると、男は隻眼《せきがん》を細め、もがいている僕を見下ろす。

「――おはよう。……何がしたいのだ、ハルは」

「あの、お水……」

「――ああ、水が欲しいのか」

男は機敏に立ちあがりグラスに水を注いでくれた。

水差しの中にはミントの小枝が入っていた。小さな丸っこい葉が水と共に踊り出て、コップの中をくるくる回る。

グラスを一旦テーブルに置くと、男は手際よく僕の躯を起こした。自分も寝台に座り、安定しない躯を後ろから支えてくれる。

ミントの香りがする冷たい水はおいしく、男に支えてもらいながら一気にグラスを干して、僕はようやく目が覚めたような気分になった。

「あの……あり、がと」

「いや」

空になったグラスがテーブルに戻される。

「何か思い出せるようになったか」

男の問いに僕はきょとんとした。

「ええと——何かって、何を？」

「何もかもをだ。そうだな、たとえば自分の年を思い出せるか？」

「僕の、年？」

考えてみるが、何も思い出せない。だから僕はそう男に告げた。

「ごめん、なさい。わからない、です」

「……そうか」

男の眉間に深い縦皺《たてじわ》が刻まれる。僕は少し首を傾げると重い腕を伸ばし、皺の上を撫でてみた。

「ハル？」

「あの、何か、困ってます？」

男の眉間の皺が更に深くなった。

「あたりまえだろう。——おまえは困らないのか？」

「どうして？」

「記憶がないからだ。不安ではないのか？」

僕も眉間に皺を寄せ考えてみた。

でも、いくら考えてもよくわからない。ここはとても居心地《いごこち》がいいし、綺麗《きれい》だ。不安を掻き立てるようなものは何もない。

「――どうして？」

「どうして、だと？」

僕の返答に男は戸惑ったように瞬いた。僕の髪を弄《いじ》りながら考え込む。

やがて独り言めいたつぶやきが、がらんとした部屋に響いた。

「そうか。おまえは自分が何を知らないのかすら知らない。何を失ったのか気付きようがない。何も覚えていないという事は、何も知らない子供に還《かえ》るようなものなのかもしれないな」

男の言う事は僕にはよくわからなかった。興味をなくし、僕は室内を見渡した。

「あの、ここ、どこ、ですか？」

男の返答は短かった。

「俺の家だ」

僕は男を振り仰いだ。

「あなたの、家？　あなた、が、僕の面倒、見てくれた、んですか？」

「――そうだ」

「あなたは僕の、何？」

僕は少し首を傾げ、男を見つめる。男の視線が一瞬泳いだ。

「友達だ」

「……友達？」

そっか。友達だったんだ。

僕は少し申し訳ない気分になった。

「あの、忘れてしまって、ごめん、なさい。もう一度、名前、教えてくれ、る？」

男は目を細めた。少し間を置いてから、噛《か》んで含《ふく》めるようにゆっくりと発音してくれる。

「イドリースだ」

「いど、り、す……？」

うまく回らない舌で、僕は男の発音を真似《まね》た。

「今度は忘れるな」

そう念を押す男の声は低く艶《つや》があった。僕は大真面目に頷いた。

「大丈夫。もう、忘れない」

イドリースにもたれかかったまま、すぐ間近にある顔を記憶に刻みつけようと観察する。

イドリースは本当に海賊みたいな男だった。何もしなくても威圧感が滲み出てくる。

元々の顔立ちは精悍《せいかん》に整っているけれど、大きな傷がある上あまり笑わないから怖い印象が強い。でも僕はこの男を怖がるどころか、生まれたてのひよこのように無防備《むぼうび》な信頼を寄せ始めていた。

じろじろ見られて居心地が悪くなったのだろう、イドリースがふいとそっぽを向く。

「あ、ごめん、なさい……」

慌てて俯《うつむ》くと、シンプルな白い寝間着の胸元で髪の先が跳《は》ねた。どれだけ伸ばし続けてきたのだろう、僕の髪は女の子のように長い。

長い袖から覗く手首は細く、しょっちゅう点滴を打たれていたのだろう、あちこちに針を刺した跡がある。

「あ」

まじまじと眺めていると、不意に伸びてきた男の手が内出血の痕が残る手首を握り締めた。じんわりとしたあたたかさに包まれ、僕は少し困惑する。

「あの、それ、もう、痛くない、です、よ……？」

「わかっている」

そう言いながらもイドリースは僕の手首を放さない。僕もそのままイドリースに寄り掛かっていると、やがてくうと気の抜ける音が響いた。

「──腹が減ったか」

「あの、ええと……はい、すこし」

僕は少し赤くなった。一直線に引き結ばれていたイドリースの唇が僅《わず》かに綻《ほころ》ぶ。

「待っていろ。何か持ってきてやる」

立ちあがるついでにイドリースはくしゃりと僕の髪を掻《か》き回した。勢い余って僕はころんと寝台の上に転がってしまう。そうなってしまうともう自分では起きあがれない。

「もう、イドリース！」

文句を言う僕に構わず、イドリースは遠ざかっていく。滑らかな動きでひょいと低い鳥籠の入り口をくぐって短い階段を下り、両開きの背の高い扉を押し開いて、部屋の外へと消える。

仕方なく自分でもぞもぞ動いて居心地のいい体勢に落ち着くと、僕はふうと息を吐いた。寝具は全て洗い立てで清潔《せいけつ》だった。両手両足をうんと伸ばしても端まで届かない程寝台は広く、とても贅沢《ぜいたく》な気分になる。

深く息を吸い込むと、前に目覚めた時と同じ奇妙に懐かしい匂いが胸の中いっぱいに広がった。

これで躯が動くようになってなにもかも思い出せたら、きっと最高なのに。

程なく食事が載った盆を両手に捧《ささ》げ持ったイドリースが戻ってきた。

始めから寝台で使うように作られたものなのだろうか、銀の盆には膳《ぜん》のような足がついていた。白い花が一面に散らされた盆の中央に、スープ皿が一枚だけ載っている。

「綺麗……」

思わず呟くと、イドリースが花をひとつ摘み上げた。

「ただの野花だ。今が盛りで、庭に出れば地面が白く見える程咲いている。もう少し元気になったら見に行こう」

「あり、がと……」

銀の盆が僕の前に置かれる。

自分でスープを飲もうとしたけれど、僕の腕の筋肉はスプーンの重さにすら耐えられない程脆弱《ぜいじゃく》になっていた。持っているだけで肘に近い筋肉がぷるぷる震え、飲む前にスープが全部盆の上に零れてしまう。

無言で僕の傍に席を移したイドリースが、スプーンを持つ僕の手に手を添えてくれた。そうして僕はようやくスープを飲む事ができた。

始めから人肌に冷まされ運ばれてきた緑のポタージュスープは仄《ほの》かに甘い。

「おいしい……！」

一口飲んで感嘆の声を上げた僕に、イドリースが淡々と頷《うなず》く。

「そうか」

「うん、本当に、とても、おいしい……」

またスプーンでスープを掬《すく》う。

なにかがぽとんとスプーンの上に落ちた。瞬くと、今度は白い花弁の上で水滴が弾ける。

「あれ……？　雨……？」

イドリースの手が伸びてきて、僕の目の縁から涙を拭った。

「おかしい、な……。かなしいことなんて、なにも、ないのに……」

僕は首を傾げた。

どうして泣いているんだろう、僕は。

躯の自由が利かないからかな？　それとも記憶がなくなってしまったから？

どちらも違うような気がした。僕の中にある感情は澄んでいる。

それに涙を流すのは、心地よかった。心の中につかえていた何かが、洗い流されていくような気さえする。

白い花の上にぽたぽたと涙が落ちる。止めようと思っても止まらない。

イドリースは黙って僕の頭を引き寄せ、肩を貸してくれた。

「あの、ごめ、なさ……っ」

白いシャツの肩が僕の涙で湿ってしまう。自分でも何がなんだかわからなかったけれども、僕は震える指を伸ばしイドリースのシャツを握り締めた。薄い布の向こう側に息づくイドリースの躯はあたたかく、揺るぎない。大きな掌《てのひら》で背中を撫でられると、躯からも心からも強張《こわば》りが消えてゆく。

泣くなんて子供みたいで恥ずかしい。そう思うのに、涙はちっとも止まらなくて。

変——なの。

僕は随分長い間泣き続け、やがて泣き疲れて眠ってしまった。

三

「ねえ、イドリースの家はどこにあるの？」

「ザハラム王国だ」

蓮の実のような形をしたシャワーヘッドからぽたりと湯が落ち、泡に穴を開ける。僕は鳥籠の中、泡で覆われたバスタブに身を沈めていた。

「イドリースは、ザハラム人？」

「そうだな。アラブ人という言い方もある」

高い丸天井に、僕とイドリースの声が響く。

目覚めて一週間ほどが経過し、躯こそ思うように動かないものの、僕はもうすっかり鳥籠での生活に馴染んでいた。

「アラブ人という事は、ムスリム？」

「そうだ。俺はイスラム教徒だ。ザハラムはムスリムの国だからな」

「ムスリムの国って事は、この国は中東に位置するの？　イランとかサウジアラビアとか、あの辺？」

他愛《たわい》のない会話が途切れる事なく続く。

消え失せたと思われた僕の記憶や知識はどうやら眠っているだけらしかった。イドリースとのお喋りのような些細《ささい》な刺激で、思《おも》いの外《ほか》簡単に蘇《よみがえ》る。たとえばアラブ人という単語を提示された事によって、ちょっと前までは思いも寄らなかった中東だのムスリムだのといった言葉に回路が繋がったのだろう、僕はそれを知っていた事を思い出せた。

でもそうやって思い出せるのは一般的知識だけだった。僕自身の個人的情報は鍵でもかけられているかのように何一つ浮かんでこない。それでも僕は毎日イドリースと言葉を交わした。少しでもたくさんの記憶を取り戻したかった。

「不正確な情報は与えたくない。今度地図を持ってきてやろう」

イドリースは、寝台に座ってこちらに背中を向けている。僕は少し淋しい気分で広い背中を見つめた。

「ね、イドリースは結婚してるの？」

ぴちょんと水が跳ねる。

返事はなかなか聞こえてこない。イドリースは僕に背を向けたまま黙り込んでいる。

「イドリース？」

「なぜそんな事を聞く」

返って来た言葉はどこか硬かった。

僕はイドリースの事を何でも知りたいのに、イドリースは自分の事を話したがらない。

「だって奥さんがいるんなら、僕が毎日イドリースを独占していたら悪いでしょう？」

強張っていたイドリースの背中のラインが緩み、呆れたような溜息《ためいき》が聞こえてきた。

「おまえがそんな事を考える必要はない」

「心配してあげているのに。イドリースってすごく上から目線だよね」

「そうか？」

「でもあんまり腹が立たない。……どうしてかなあ」

僕は首を傾げた。本当に偉そうなのに、不思議だ。

「ハル、躯を洗い終えたのなら、髪を洗ってやろう」

水音が静かになった事に気が付いたのだろう、イドリースがミシュラフを脱ぎ立ちあがった。

「ありがとう、イドリース」

僕は喜んでバスタブの縁に頭を乗せる。

鳥籠で暮らすようになってから、僕はすっかりイドリースに甘やかされる事に慣れてしまっていた。現実問題として、イドリースの手を借りないとどうしようもないせいもある。

舌は普通にまわるようになったものの僕の腕力は相変わらずだった。寝間着を頭から脱ごうとしただけで脇腹が攣《つ》ってしまうし、立ちあがろうとすれば膝《ひざ》が砕《くだ》け座り込んでしまう。ようやくバスタブに辿り着いても、自分で躯を洗ったらそれだけでもうへとへとだ。

肘まで袖を捲り上げると、イドリースはもう一つ備え付けられていたシャワーヘッドを手に取った。こちらは固定されておらず、長いホースがついている。

鳥籠の床はタイル張りで排水溝もあるから、床に湯を零しても問題ない。熱い湯で髪を流され、地肌を優しくマッサージされ、僕は満足げな溜息を漏らした。

「んー、気持ちいい」

イドリースに構ってもらうと、僕は無条件に嬉しくなる。僕はこの新しくて古い友人が大好きだ。

でも多分イドリースはそうでもない。イドリースが洗ってくれるのは髪や顔だけ。裸の躯には絶対に触れようとしないし、見ようともしない。脱衣を手伝ってくれる時も不自然な程目を背《そむ》けている。

どうやらイドリースは僕の裸を見たくないらしい。そりゃそうだよねと僕は自分の躯を見下ろした。僕の躯は自分でも目を背けたくなるくらい貧弱で病的に白かった。

二の腕はどう力を込めても柔らかいまま、堅くなる気配《けはい》すらない。まるで突然全身の筋肉が溶け、薄い脂肪に置き換わってしまったようだ。

「ねえ、イドリース。僕、記憶を失う前もイドリースにこんな事してもらっていたの？」

「……ああ、そうだ」

返事が帰ってくるまで、少し間が空いた。

嘘だなと僕は思った。

なんでもそつなくこなすけれど、それでもやっぱりイドリースはどう見ても他人に仕《つか》える柄ではない。上から目線の物言いといい、偉そうな物腰といい、他人にかしずかれ君臨《くんりん》する方が似合っている。いつも髪を洗ってくれていたなんて信じられない。きっと僕に気を遣《つか》わせないためイドリースは嘘をついているのだ。

「僕達は何がきっかけで友達になったの？」

「……仕事先で、知り合った」

「仕事？」

思わず目を開けると、イドリースは真剣な顔でシャンプーを泡立ててくれていた。

「ハル、シャンプーが目に入るぞ」

「僕、仕事していたの？　何の仕事？　僕、仕事なんかできたの？」

「ああ、とても有能だった。相手が誰であろうと物怖《ものお》じせず、やるべき事をやれる人間だった。だから俺はハルに興味を持ったんだ」

「イドリース、大絶賛？」

褐色の指が頬《ほお》に飛んだ泡を掬い取る。

「そうだ。さあもう目を閉じろ。流すぞ」

目を閉じるとコックを回す音がした。丁寧に髪を濯《すす》いでくれる指先にうっとりする。

トリートメントまでしっかりしてもらってから躯を流して入浴はお終《しま》い。イドリースが微妙に視線を外しつつも、バスタブから下りる僕に手を貸してくれる。そのままバスタブの後始末を始めたイドリースの後ろで僕は大きなたまご色のバスタオルにくるまった。

「気持ち良かったー」

「早く服を着ろ。風邪を引くぞ」

そんな事言われても、腕力のない僕には躯を拭《ふ》くだけでも一仕事だ。もたもたしていると、イドリースに頭からバスローブをかぶせられた。

「イドリース！」

「早く袖《そで》を通せ。俺が目の遣《や》り場《ば》に困る」

冷たく言い放たれ、僕は仕方なくまだ滴が光る肌の上にバスローブを羽織った。震える指で紐を結ぼうとしているとイドリースが新しいタオルを持ってきて髪を拭いてくれる。

「ねえ、イドリース。記憶を失う前の僕って、どんな人だった？」

「今と同じだ」

「そんなんじゃ、わかんない」

タオルのヴェールの向こう側から困ったような溜息が聞こえてくる。

「――そうだな、犬が好きだった。それから肌が弱くて、よく日焼けで鼻の頭を真っ赤にしていた。市場《スーク》の雰囲気が好きで、しょっちゅうフルーツジュースを買いに行っていた。

日本にはこんなに濃厚でおいしいジュースは売っていなかったと喜んでいたな」

僕は少しタオルの裾《すそ》をめくり上げ、褐色の顔を見上げた。

過去の僕について語るイドリースの目は、気のせいか優しい。

なんとなく、面白《おもしろ》くない。

だって過去の僕を僕は知らない。知らない自分の事など、見知らぬ他人のようにしか思えない。

「イドリースは、前の僕が、好きだった？」

イドリースの眉間に皺が寄った。

ぐいとタオルが引っ張られ、また視界が覆われてしまう。喉に引っかかったようなイドリースの声が、少し遅れて聞こえた。

「――ああ」

僕は再び両手でタオルを引っ張り返し、伸びすぎた前髪の隙間《すきま》からイドリースを窺《うかが》った。

イドリースは僕を見つめていた。

ひとつしかない黒い瞳には何かをこらえているような、狂おしく凶暴な色が宿っている。

「とても、好きだった」

低い艶のある声が、言葉以上の何かを告げる。

僕はバスローブの前を掻き合わせた。

今の格好が急に心許《こころもと》なく感じられた。
無意識に一歩下がった途端、脆弱な僕の膝が崩れてしまう。
尻餅をついた僕の上にイドリースが屈み込んだ。
逞《たくま》しい手が伸びてくる。
息を詰めた僕をイドリースは軽々と持ち上げた。寝台に下ろし、背を向ける。
「くだらない事を聞いていないでさっさと休め」
大股に部屋を出て行くイドリースを、僕は茫然《ぼうぜん》と見送った。
なんだろう。なんだか今、すごくイドリースが——怖かった。
バスタブの周りに散った泡がぷつぷつと小さな音を発し崩れてゆく。

四

イドリースは基本的に日に三度、僕の部屋にやってくる。朝昼晩の食事の時間だ。何も教えてくれないけれどイドリースも大人だ。それ以外の時間は仕事をしているんだろう。一緒に食事をしていても時間を気にしている事がある。

イドリースがいない間、僕は暇で暇で仕方がなかった。ここにはテレビも本も、とにかく暇つぶしになるようなものが何一つない。仕方ないので僕は寝てばかりいる。夜もしっかり寝ているのに寝過ぎだとは思うけれど、躯が弱っているせいかいくらでも眠れた。うっかり寝過ごしてしまう事も度々《たびたび》だ。

午《ひる》過ぎ、目を覚ました僕は寝台の上でごろんと躯を反転させ、うんと躯を伸ばした。しゃらんと涼やかな音がする。なんだか手首が重い。

寝転がったまま何気なく両手首を目の前に翳《かざ》してみて僕は目を丸くした。

優美な金の輝きが僕の細すぎる手首を飾っている。細い金のブレスレットが五本ずつ絡み合い、手を動かす度心地よい音を立てている。そのうちの一本には小さな青い石が均等に嵌《は》め込《こ》まれていた。

「きれーい……なんて言っている場合じゃないよね」

屑石《くずいし》や金メッキの安物ならいいけど、多分これは本物だ。

「イドリースってば、何、考えているんだろ……」

数日前バスルームで見た強い眼差《まなざ》しを思い出し、僕は難しい顔になる。

あれは、何だったんだろう。

「とにかく、これを返さなきゃ」

サイドテーブルには昼食が置いてあった。眠っている間にイドリースが来たのだろう。でも僕が眠っていたから、そのまま行ってしまった。勝手に僕の手首に高価なブレスレットを嵌めて。

「イドリース!」

呼んでみるが返事はない。

僕は上掛けをはねのけた。寝台から足を下ろし、慎重に立ち上がる。頼りない足取りで鳥籠から出て格子に掴まりながら三段ある階段を下り、水色や青、群青のモザイクを踏む。

鳥籠から出るのは初めてだった。

早くも震え始めた太股《ふともも》の筋肉を宥《なだ》めつつ、僕はなんとか壁際まで辿り着いた。荒くなった呼吸を整え、背の高い扉に掌をあてる。ドアノブを捻り、押してみる。

……開かない。

がちゃがちゃとドアノブを回し何度も試してみるが、扉が開く気配はない。

扉には鍵穴が一つあるだけ、ラッチなどは見当たらない。この扉は内からも鍵を差し込まねば開かない古いタイプらしい。そして今は外側から鍵をかけられている。

——どうしよう、出られない。僕はカナリアのようにこの鳥籠に閉じ込められてる。

視界の端で黒い影が動いたような気がして、僕は素早く周りを見回した。

何もない。

何もない、けど。

突然いてもたってもいられなくなり、僕は思いきりドアを叩いた。

どうしても外に出たい。ここにいたくない。

「イドリース！　イドリース！」

乱暴な物音は高い丸天井に反響し、消えた。

とても静かだった。

微かな空調の音以外、何も聞こえない。生き物の気配も、人の声もない。

僕をここから出してくれようとする人はいない。

じっとしていられずうろうろと部屋の中を歩き回る。でもすぐにくたびれてしまい、僕は壁にもたれかかった。そのまま崩れるように床に座り込み、そわそわと室内を見回す。

「どうして扉に鍵なんてかけてあるんだろう」

泥棒が入らないようにだろうか。だがこの部屋には金目の物などない。——イドリースが勝手に置いていったブレスレット以外には。

僕は壁に背中を押しあてると、膝を引き寄せ躯を小さく丸めた。

「鍵をかけるくらいなら、こんなのくれなきゃいいのに」

指先が、震える。

外に出たいという欲求が、狂おしい程膨れあがっていく。

得体の知れない不安に追いつめられ、吐きそうだ。

大声で叫んで髪を掻きむしりたい。

僕の中にいるもうひとりの僕がささやく。

——ねえ、たかが扉に鍵がかかっているだけでこんな気分になるなんて、おかしくない？

「——おかしい」

でもそれを言うなら、そもそもこの部屋自体がおかしい。

どうしてこんなに大きな鳥籠が部屋の中にあるんだろう。鳥を飼うためでなかったのは間違いない。格子の間隔が広すぎるから、ここで飼えるのはダチョウくらいなものだ。

鳥じゃなくて獣のための檻《おり》だったのかもしれない。豹とか、ライオンとか。

「あるいは——人、とか」

僕は病んだ眼差しを鳥籠へと向けた。

たとえば囚われの身のお姫様。あるいは、強奪された花嫁。意に添わぬ関係を強いられた美しい女性が艶《あで》やかなドレスで飾り立てられ閉じこめられている図がこの鳥籠にはきっと一番よく似合う。

だって、鳥籠の中にはバスタブまであるのだ。

視界を遮るもののない鳥籠の中での入浴は、簡単に淫《みだ》らな見せ物になる。

——僕はこの鳥籠で、イドリースに飼われているのかもしれない。

僕は両手で顔を覆った。

「なんで僕、こんな事を考えてんだろ。大体、僕なんて閉じ込めたって何の得もない……」

そもそも僕は綺麗な女の人じゃない。衰弱《すいじゃく》した躯は目を背けたくなるみすぼらしさだし、何ひとつ自分でできないから飼っても手がかかるばっかりだ。

それにイドリースは僕の躯を見ようともしない。

——でも普通、躯を壊した友達をこんなマニアックな部屋に入れるだろうか。

——そもそも僕の躯は、何が原因でこんな風になってしまったんだろう。

僕の筋力は極端に落ちている。人間の躯というのは一日や二日でこんな風に衰えるものではない。病気だったにしては体力が衰えている以外の不調はないようだし手術痕もない。

——友人でしかないイドリースが僕の面倒を見てくれているのもおかしいよね。

——僕は今、無防備だ。力もなければ記憶もない。人権を無視して鳥籠に幽閉するにはまたとない存在だ。

――それにイドリースのあの、目。

躯が、壁にそってずるずると崩れていく。綺麗なモザイクの上に、イドリースが香油をつけて艶々にしてくれた黒髪が広がる。

虚《うつ》ろに目を見開いたまま、僕はイドリースの胸の奥を貫《つらぬ》くような視線を思い出していた。

あの目は、普通じゃなかった。

冷たい床の上に横倒しになったまま、僕はふと指先を伸ばした。床面を軽く擦ってみる。

モザイクの表面はうっすらと砂を被っていた。

白くさらさらと乾いた砂。――砂漠の、砂。

背筋に冷たいものが走った。白い砂漠のイメージが幻のように眼前に広がる。

僕は躯を丸めた。きつく目を閉じ震える指先を握り込む。


しゃらんと快い音が生まれる。音に合わせて世界が揺れる。

頬に柔らかなものが押しあてられたような気がして、僕は幸せな溜息をついた。目元を擦るとまたしゃらんと心地よい音が聞こえる。ようやく目を開けて瞬き、自分の置かれている状況を見て取って――僕は大きく目を見開いた。

僕はイドリースの腕の中にいた。

「あ……わ……っ！」

いわゆるお姫様だっこという体勢で横抱きにされている。驚いてぴきん、と固まってしまった僕を、イドリースは無表情に見下ろした。

「目が覚めたか。床の上で寝ているから驚いたぞ。あんな堅い所で寝て、躯が痛くならないか？」

「い――――いた、い……」

もぞもぞと身じろぎ、僕は呻《うめ》いた。イドリースが言った通り躯のあちこちが痛む。なんで床なんかで寝てたんだろう――と考え、思い出した僕は身を硬くした。慌てて身をよじって部屋の出入り口に目をやる。

締め切られているのだろうと思ったのに、部屋の扉は細く開いていた。イドリースはあれ？と首を傾げた僕を怪訝そうに見下ろしている。堂々とした態度には悪い事をしている後ろめたさなど欠片《かけら》も感じられない。

捻っていた躯を戻すと、金の輪がしゃらんと鳴った。それでようやく僕はもうひとつ大事な事を思い出した。

「あっ、イドリース、これ！　これ、なに？」

勢いよく両手を突き出すと、イドリースは少し頭を後ろに引いた。

「ああ、ハルに似合うと思ったから買った。白い寝間着ばかりではつまらないからな」

短い階段を昇り、鳥籠の中の寝台へと僕を下ろす。

シーツの上で正座すると、僕はイドリースによく見えるよう、ブレスレットが嵌った手首を差し出した。

「あの、装飾品なんてなくても、全然つまらなくなんかないから！　これ、金でしょう？　この青いのは――」

イドリースは大して興味なさそうに肩を竦《すく》めた。

「最高級のサファイアだが？」

やっぱり！

「イドリース、だめ。こんなに高価そうな物、もらえません」

イドリースはあっさり言い放った。

「なら、捨てろ」

「ええ!?」

「ハルに似合うと思って求めたものだ。ハルが気に入らないならあっても仕方がない」

「えええ、そんな事言われても困るよ、イドリース」

僕の抗議など気にも留めず、イドリースは寝台の上に置いてあった白い布を広げ始めた。

「それより今日の朝食は外で取るぞ」

「外!?」

僕は首を傾げた。

おかしいな。僕は閉じ込められているのではなかったんだろうか。

戸惑っている僕の肩に、イドリースが真新しいトウブを合わせてくれる。

「サイズは合っているようだな」

「これ……僕の?」

寝台の上に衣装が次々と広げられる。イドリースが着ているのと同じ、足首まであるワンピースのようなトウブ、正方形の薄手のクーフィーヤ、ターキーヤにミシュラフ。

外に行くのだから寝間着ではいけない、という事なのだろう。

ブレスレットについて食い下がらなくてはならなかったのに、僕はつい着た事のない衣装に気を取られてしまった。

「着方はわかるか?」

「――多分」

いそいそと寝間着を脱ぎ始めると、イドリースはいつものように僕に背を向ける。

別に見ていてもいいのにと僕は思う。まだ痩せてはいるが、これでも太ってきて、ちょっとは見栄《みば》えが良くなったのだ。

不器用にトウブを被りもそもそ裾を引っ張っていると、イドリースの手が伸びてきて、襟元をぐいと引っ張って直してくれた。手櫛《てぐし》で髪を整えてから、慣れた手つきで僕の頭にターキーヤを乗せ、その上にさらにクーフィーヤをかぶせて黒い輪で固定する。

マダース《サンダル》は、イドリースが寝台に座る僕の足元に跪《ひざまず》いて履《は》かせてくれた。召使いのような真似を平気でするイドリースに僕の方がどぎまぎしてしまったけど、当のイドリースが平然としているので、何も言えない。

身支度《みじたく》が整うと、僕は立ちあがった。まだ足元が心許なくて、ふらつきながらも鳥籠を横切る僕をイドリースは落ち着かない様子で眺めていたが、階段に差しかかると見ていられなくなったのだろう、ぶっきらぼうに手を差し出してくれた。

僕は喜んでその手を握り締めた。これ位今更だと思うのに恥ずかしいのだろうか、イドリースはむっつりと唇を引き結んでいる。鳥籠から降りるとイドリースは、両開きの扉まで僕にあわせたゆっくりとしたペースで歩みを進めてくれた。

「外、だ……」

初めての、外。

扉の外で僕は一旦《いったん》立ち止まった。ぐるりと周囲を見渡してみる。

部屋の左右には白く砂っぽい廊下が思いの外遠くまで延びていた。

目の前には白い砂が敷かれた中庭がある。建物はコの字型に並んでおり、どうやら中庭の向こうはそのまま鬱蒼《うっそう》とした森へと続いているようだ。中庭の半ばまで瑞々《みずみず》しい緑が枝葉を伸ばしている。

中庭を突っ切り、森の奥へと伸びる小道に踏み込む。下草を踏むと、驚かせてしまったのだろう、トカゲのような生き物が足下から逃げていった。

中庭が見えなくなるのとほぼ同時に、少し開けた草地に建つ四阿《あずまや》が見えてきた。テーブルの上に朝食が並んでいるところを見ると、どうやらここが目的地らしい。

五分も歩いていないのにすっかり息の上がってしまった僕は、石段をあがろうとしてつまずいてしまった。大きく揺れた躯はだけど、地面に打ちつけられる事なくイドリースに抱き留められた。

「あ、ごめん、なさい……」

慌てて離れようとしたが、逞しい腕に逆に引き寄せられてしまう。

ふわりと躯が浮く感覚があり、ん？と思った時には僕はもう四阿の中にいた。イドリースが僕を、よく親が小さな子供にするように脇に手を差し入れ、ひょいと石段の上へと持ち上げてくれたのだ。

「もー、イドリース……！」

石段くらい自分で上がれるのに。

でもイドリースが親切心でそうしてくれたのはわかっている。僕は文句を呑《の》み込みベンチに腰を下ろした。

四阿の屋根から赤い花をつけた蔓が下がっている。強烈な木漏《こも》れ日に照らし出され、とても綺麗だ。

わざわざこんな所に食事の用意をしてくれたのは、僕のためなのだろう。

――なんで僕はこんなにいい人に『飼われる』なんて思ったんだろう。

きらめく陽光の下にいる今思い出してみると、ただただ不思議だし恥ずかしい。イドリースに余計な事を言わなくて良かったと、ほっとする。

イドリースがピッチャーからラクダの乳をグラスに注いでくれる。卵料理にポテトサラダ、香辛料の効いたソーセージに焼きたてのパン。冷たい豆のスープにチャイも用意されていた。

『いただきます』

両手を合わせ、カトラリーに手を伸ばす。

早く健康を取り戻すためできるだけたくさん詰め込もうと、僕は黙々と食べ物を口に運ぶ。イドリースも体格にふさわしい健啖《けんたん》ぶりを発揮《はっき》し、次々に料理を平らげた。

会話はない。どこか遠くで囀《さえず》る鳥の声が聞こえるだけ。

沈黙が心地いい。

「イドリース」

「なんだ」

「ありがとう」

　空になった皿を前にチャイを呑んでいたイドリースは、怪訝そうに目を上げた。

「……なんだ」

「なんだか急にお礼を言いたい気分になったんだ。ご飯はおいしいし、この四阿は素敵だし、僕、すごく贅沢させてもらっているなーって思って」

「こんな程度、贅沢のうちに入らん」

　拳《こぶし》ほどの大きさもない小さな鳥が、蔦《つた》に留まって花の蜜を舐《な》めている。まだ朝なので気温もそう高くない。木々の間を吹き抜ける風も爽やかだ。

　目の前の皿には、食べきれなかったフルーツが載っている。どれも甘くておいしかった。

「それでも僕はすごく贅沢な気分を味わえているからいいんだよ。……最初目覚めた時は躯も動かないし、これからどうなっちゃうのかもわからなくて怖かったけど、今、僕は幸せな気分でご飯を食べられるようになってる。これってすごい事じゃない？」

「幸せ……なのか？　ハルは」

　クロスのかかった四阿のテーブルの端に赤い小鳥が下り立った。可愛らしい仕草で零れたパン屑をつつき出す。

「うん。幸せ。全部イドリースのお陰だよ」

「俺の、おかげ？」

意外そうに繰り返したイドリースに、僕は満面の笑みを向けた。

「当たり前でしょう？　イドリースがいなかったら、僕、トイレさえまともに行けなかったんだから。イドリースにはすごく感謝している。だから、ありがとう。僕の面倒見るの大変だろうけど、もうしばらく、よろしくね」

もう少し体力が付けば、自分の身の回りの事くらい自分でできるようになるだろう。でもそれまでは、本当に申し訳ないけれど何から何までイドリースの手を借りなければならない。

「もう、しばらく……？」

イドリースの唇の端に僅かに力が込められた。海賊めいた風貌《ふうぼう》が凄味を増す。でもイドリースは普通にしていても威圧感がある。僕は気にせずテーブルに肘を突き、両手でチャイの入ったカップを包み込んだ。

「ねえ、イドリース。インターネットに繋がるPCを貸してくれない？　部屋にひとりでいる間、退屈なんだ。ネットが無理なら、テレビでもラジオでもいいんだけど」

変な妄想に囚われたのは、暇すぎたせいではないかと思いつき、僕はイドリースにねだってみる。

きっとやる事がないから余計な事を考えてしまったのだ。何かあれば気が紛れるし、記憶も蘇りやすくなるかもしれない。

そう──思ったのだけど。

赤い鳥が小さくさえずり飛び立った。

イドリースはパン屑だけが残った卓上をどこか硬い表情で見つめている。

妙な空気に僕は首を傾げた。

「だめ?」

「──考えておこう」

どこか冷ややかな声に、僕はようやくイドリースの機嫌を損《そこ》ねてしまったらしいと気付いた。

「イドリース?」

どうしたんだろう。

イドリースは立ち上がり、石段を下りてゆく。いきなり吹き鳴らされた指笛に、僕は戸惑った。

「え……?」

その場に立ったまま、イドリースは遠くを見つめている。何かを待っているようだ。

何があるんだろうと、イドリースの視線の先を透かし見て、僕は木立の向こうから近付いてくる気配に気が付いた。

爪が土を掻く乾いた音が聞こえる。それから不自然に揺れる枝葉が擦《す》れ合《あ》う音。大きな獣が走る気配。

このままここにいて大丈夫なのだろうかと不安を覚えた時だった。

「ひゃ……っ！」

大きな黒い獣が視界に飛び込んできた。

何が何だかわからず僕は躯を強張らせたが、それはイドリースの足元でぴたりと止まると行儀良くお座りをした。はあはあと喘《あえ》ぎながらイドリースの顔を一心に見上げている。

黒い獣は犬だった。ほっそりとしなやかな体型の猟犬《りょうけん》。ドーベルマン・ピンシャー。

「か……わいい……っ！」

イドリースが怒った理由を確かめたいと思った事などすっかり忘れ、僕は両手を握り合わせて優美な獣に見惚れた。

「カニスだ。会わせると、以前約束していた」

記憶を失う前の僕にせがまれていたらしい。

イドリースが少し身を屈め頭を撫でてやると、ドーベルマンは勢いよく細い尻尾《しっぽ》を振り始めた。

愛嬌《あいきょう》のある仕草にまたきゅんと来た。掌に鼻先を擦りつけ、イドリースに会えた嬉しさを全身で表現する。撫で回したくて手がうずうずする。どうやら僕は本当にすごく犬が好きだったらしい。

「僕も、触っていい……？」

「ああ」

許しを得ると、僕はカニスのすぐ傍にしゃがみ込んだ。イドリースが犬用のジャーキーを取り出し、手の中に落とし込んでくれる。途端にカニスの黒い瞳が僕へと向いた。

「ひゃっ」

目線が殆ど同じ高さの犬が突進してくる。

その勢いに負け尻餅を突くと、手からジャーキーがこぼれ落ちた。そうなったらもう僕なんて眼中にない。カニスは僕に半ばのしかかった格好のまま、すごい勢いでジャーキーを平らげてゆく。

僕は食事をしているカニスの躯に下からそっと手を這《は》わせた。黒い毛並みは艶々で、筋肉は堅く張っている。脆弱な僕とは違う、生命力漲《みなぎ》る強い存在。

最後のジャーキーを呑み込んだカニスが顔を上げ、ジャーキーの匂いが残っていたのだろう、僕の掌を舐めた。

「食いしん坊だね、カニスは」

頭をわしわしと撫でてやると、ひくりと耳が揺れる。他愛もない愛撫《あいぶ》に喜んだカニスが、首を伸ばし僕の顔を舐め始める。

「あは、もう、よだれがついちゃう。わ、やめて、ダメだったら……っ」

後ろに逃げようとして突っ張った肘がかくんと折れた。仰向《あおむ》けに転がってしまった僕の上に、興奮したカニスがのしかかってくる。

散々舐め回され笑い転げている僕を、イドリースは黙って眺めていた。黒い瞳に思い詰めたような光が湛《たた》えられているのに気付いていたけれど、カニスと遊ぶのに夢中だった僕はそのまま忘れてしまった。

五

天窓から白い陽差しが降り注いでいる。

今日も快晴。この部屋で暮らすようになってから、毎日同じ天気だ。あんまりにも変化がないので、あの天窓には青いフィルムが張ってあるだけなんじゃないかと、時々疑ってしまう。

でも陽光は本物だった。空調が効いているのに、ひなたに寝転がっているとじんわり汗が浮いてくる。至る所に置かれた観葉植物も、室内なのに青々としていて元気だ。

夕刻近く、昼寝をするのにも飽きると、僕は握り拳程の大きさの如雨露《じょうろ》を手に鳥籠の中を歩き回るようになった。

観葉植物の水やりは、やる事のない僕にはいい暇つぶしだ。

用心深く身をかがめ、バスタブから水を汲む。長い注ぎ口を葉の間に挿《さ》し込《こ》み、植物の根本にそっと水を注ぐ。

鉢の土はどんなに水をやっても一日後にはからからに乾いてしまう。僕はタイルの上にしゃがみこみ、床に置かれた鉢や格子にぶら下げられた鉢のひとつひとつに水をやった。休み休みでもそうやって動いていれば筋肉が鍛えられるし、楽しい。

頼んでいたPCをイドリースがくれる気配はなかった。

忘れているのかもしれない。あるいは忘れているフリをしているのかも。

機械的に手を動かしながら、僕は時々部屋の扉に目をやった。

何度か確かめてみて、イドリースが不在の時は常に扉に鍵がかけられているのだとわかった。食事をする時には外に連れ出してくれるけれど、イドリースがいない時の外出は許されない。

ひとりぼっちで鳥籠の中座っていると、そういった事のひとつひとつが僕の心に伸し掛かってきて酷く気が滅入った。

――僕はやっぱりイドリースに飼われているんじゃないかな。

僕は身を屈め、落ちている花の残骸を拾った。

目覚めた時盛りを迎えていた蔦の花は萎《しお》れ始めていた。色褪《いろあ》せた花が時々思い出したように落ちてくる。ぽとりぽとりと切なくなるような音を立てて。

鬱陶《うっとう》しく目にかかる髪を掻き上げ立ちあがると、しゃらんとブレスレットが鳴った。

イドリースはいわば恩人だ。何の得もないのに甲斐甲斐《かいがい》しく僕の面倒を見てくれているとてもいい人だ。

「なのに、どうして僕はこんな事を考えてしまうんだろう……」

別にこの部屋を出たって行く所などないし、僕はまだ長い距離を歩けないのだから鍵がかかっていても問題はない。気にしなければいいだけの事だ。現にイドリースと食事している時、僕はこの事をほとんど思い出さない。

なのに鳥籠の中ひとりになってふと気が付くと、また僕は同じ事を考えている。飽きもせず、延々と同じ考えをひねくり回し続けている。

「僕はなんか——おかしい」

いっそイドリースに訊いてみればいいのかもしれない。どうして鍵をかけるの？と。きっとイドリースはそれなりの理由を聞かせてくれる。そうすればこんな下らない疑いに思い悩む事などなくなるだろう。

でも、そうするのも、怖かった。

初めて四阿で食事をした日からイドリースは寡黙《かもく》さを増していた。何が気になるのか、神経をぴりぴりと尖《とが》らせている。無表情を保とうと努めているようだが、僕には一目瞭然《いちもくりょうぜん》だ。でも何がイドリースを煩わせているのかがわからない。多分僕のせいだと思うんだけど、怖くて聞けない。

ただでさえこんな状況なのに、〝僕は監禁されてるの？〟なんて聞いたらイドリースはきっともっと機嫌を損ねてしまう。

イドリースに嫌われるのはいやだ。

でもここでこうやってイドリースを疑っているのもいや。

ぼうっと突っ立ってそんな事を考えていると、小さな金属音が響いた。かつては単なる雑音として聞き流していたこの音は、鍵を外す音だ。

少し遅れ、イドリースが両開きの扉を開け入ってくる。

「夕食の時間だ」

「――はい」

僕はブリキの如雨露を小さな椅子の上に置くと、出口に向かって慎重に歩き出した。


また四阿に夕食の支度がされていた。イドリースは外が好きらしく、今では部屋で食事をする事は滅多《めった》にない。

ちらちら揺れるランプの光に大小様々な皿が照らし出される。

最初のうちは僕に気を遣っていたのだろう、洋食が多かったが、段々とスパイスの効いた熱い国の料理が食卓に並ぶようになった。

ハーブで風味づけされたチキン、野菜と共に煮込まれた魚、薄くてまるいパン、種々の香辛料が載った小皿。どれも素晴らしくおいしい。

いつものようにまっすぐ石段を昇ろうとして僕はふと足を止めた。小道の少し先にナツメヤシの花が咲いている。

僕は花に引き寄せられるかのように足を進め、夕闇の中に白く浮かび上がって見える花に手を伸ばした。

指先が触れようとした刹那《せつな》、イドリースに乱暴に肩を引き戻された。

「い、た……っ」

「戻れ」

強引に四阿へと押し戻され、転びそうになる。

今度もイドリースの屈強な腕が差し出され、頼りない僕の躯を支えてくれた。でもその瞬間鍵のかけられた部屋の扉が脳裏《のうり》に浮かび、僕はとっさにその手を振り払ってしまった。

「ハル！」

威圧的な声に躯が竦む。だがその声に僕は思い出した。イドリースと顔を合わせる度忘れてしまう、漠とした不安を。

一瞬悩んだものの、僕は勇気を振り絞ってイドリースに向き直った。

「どうして戻らなきゃいけないの？」

イドリースの返答はそっけなかった。

「危険だからだ」

「何が危険なの？」

この森はイドリースの屋敷に続いている。危険があるとは思えない。

食い下がる僕にイドリースは一瞬苛立ちを露わにした。

険しい表情に、躯が竦む。

怖い。

でもここで引き下がってはだめなのが僕にはわかっていた。

今、確かめねばいけない。

そうしなければこれからも鳥籠で独りで過ごす時間を、あらぬ妄想を逞しくしイドリースを疑う事で鬱々と費やす事になってしまう。

「本当は――危険なんかないんじゃないの？　僕が傍から離れないようにするため、そんな事を言っているんじゃない？」

「どういう意味だ」

「僕の鳥籠の部屋、イドリースがいない時には鍵がかかっている。何のため？　僕はここに閉じこめられてるの？」

違うとイドリースは即答しなかった。ただ、隻眼を瞬かせただけ。

押し黙る男に僕は更に言い募《つの》る。

「僕はイドリースに飼われている鳥なの？」

閉じられた空間の中、チイチイ鳴いて飛び回る、美しいだけの小鳥。もちろん僕に鑑賞に値する美しさなどないとわかっているけれど、弱った小鳥を眺めるのが好きな人もいる。

イドリースが目を細めた。威圧感のあるまなざしが僕を射る。

「違う。危険だからだ。——見ろ」

イドリースは足元に落ちていた枯れ枝を一本拾った。僕が近づこうとしていたナツメヤシの茂みを叩く。

枝にしか見えなかったものが動き鎌首をもたげたのを見て、僕ははっとした。

蛇だ。

蛇が枝に紛れている。

「この森にいるのは、安全な生き物ばかりではない。敷地内とはいえ、ひとりでうろつくのは危険だ」

僕は狼狽《ろうばい》した。

つまり——つまり、閉じこめていたのは僕のためだった?

なのに僕は勝手に誤解して、イドリースを責めた。

かあっと顔が熱くなった。

——僕はなんてバカな事を言ってしまったんだろう。

狼狽《うろた》える僕をイドリースが無表情に、だが厳しい口調で詰問する。

「俺がいない間に外に出ようとしたのか。やはりハルは——ここにいるのが嫌なんだな」

僕は弾かれたように首を振った。

嫌だなんて、そんな事があるわけない。

「そんな事、ないよ」

「嘘だ。回復したら出ていくつもりなのだろう？　この間も〝もうしばらく〟と言っていた」

あ、と僕は声を漏らした。

早くイドリースの手を煩わせずとも済むようになりたいというつもりで言った言葉を、イドリースは早くここを出ていきたいという意味に解釈していたらしい。ここに――イドリースに不満があるのだと。

「違う――違うよ、イドリー……！」

慌てて説明しようとした声が途切れた。

唇が、何かで塞がれていた。

何か。

イドリースの唇。

僕は動揺し身を引こうとしたけれど、できなかった。いつのまにかイドリースの腕が背中に回り、僕をしっかり抱き込んでいた。

吐息と共に一旦離れた唇が、再び重ねられる。

「んっ、んう――っ」

今度は触れるだけの可愛いものではなかった。唇を割って侵入してきた舌に口の中を嬲《なぶ》られる。貪るように舌を吸われ、あちこち舐められ――腰が、砕けた。

「ん……ふ……っ」

どうしてイドリースが僕にキスをしているんだろう。おかしいと思ったけれど、答えを追求できるだけの余裕など僕にはない。

濡れたものがぬるりと蠢く度理性が浸食されていく。躯が熱くなっていく。

ぞくぞく、する。

――だめ！

溺《おぼ》れてしまいそうになっている自分に恐怖し、僕はイドリースの胸を押した。でも弱ってしまった筋力ではイドリースを引き剥がせない。そうとわかった僕は思い切ってイドリースの舌先を噛んだ。

手加減したつもりだったが痛かったのだろう、イドリースは僕を突き放した。足が縺《もつ》れ、僕は地面にへたりこむ。

いつもならすぐさま手を貸してくれるイドリースは口元を押さえ、僕を見据えている。僕を好きだと言った時と同じ、狂おしい色を湛えた瞳で。

束の間睨み合った後――僕は逃げ出した。

森の中を力の入らない足でよろめき走る。

何度も転びそうになりながら中庭に抜けた。廊下を渡り、両開きの扉に飛びつく。

僕の部屋には巨大な鳥籠が何事もなかったかのように佇《たたず》んでいた。

閉じこめられるのを怖《おそ》れていた筈《はず》の部屋に、僕は逃げ込み籠城《ろうじょう》しようとして、僕は青ざめた。ここの扉は鍵がなければ内側からも外側からも鍵をかける事ができない。部屋の中には扉を押さえられそうな家具もない。

――どうしよう。

扉を閉鎖するのを諦め鳥籠へと駆け上がっている途中で、再び扉が開かれる音が響いた。

イドリースだ。追ってきている。

心臓が、追い詰められた獣の勢いで走り始める。

僕は鳥籠の中に入った。開け放たれたままになっていた扉を閉める。錆《さ》びた蝶番《ちょうつがい》が悲鳴めいた音をあげ、バスタブの水を震わせた。

でも、鳥籠の扉にも閂《かんぬき》はついていなかった。

両手で押さえたが、弱っている僕が全力を尽くした所でイドリースに敵《かな》う訳がない。冷たい鉄の格子は簡単に僕の手からもぎ取られる。

低い鳥籠の入り口をくぐり、イドリースが入ってきた。

僕は今にも萎えそうな足を叱咤《しった》し、後退《あとずさ》る。

鳥籠は狭い。他に逃げ場はない。

背中が冷たい格子にあたる。

イドリースが歩きながらクーフィーヤをむしりとった。黒髪がこぼれ落ちる。癖《くせ》の強い髪がうなじで跳ねている。白いアラブ服で身を固めていた時よりも、野性的な印象が強まり——危機感が募る。

僕の前までくると、イドリースは立ち止まった。流れるような動作で片膝を突き、僕のミシュラフの裾を捕らえる。

「ハル」

射るようなまなざしが怖かった。

「——愛している」

熱っぽい声でそう告げると、イドリースは僕のミシュラフの裾にくちづけた。

何かが僕の奥深くで弾けた。白い閃光《せんこう》が脳裏を灼く。

何か思い出しそうになったけれど、曖昧《あいまい》なイメージを捉えるより早く光は消えた。

僕は何かを思いきるように首を振った。

何を馬鹿な事を言っているんだろう、イドリースは。

「……困る、よ。僕、男だし。愛してるなんて言われても……」

消えいるような声だったがちゃんと聞こえたらしい。イドリースは僕の服の裾を握り締めたまま俯いてしまった。打ちのめされた様子に、胸が痛む。

どうやらイドリースは本気だったらしい。

イドリースには世話になっているし、僕のできる事ならなんでもしてあげたかったけれど、同性なのだからお付き合いなんてできない。

ごめんなさい。でも僕の事は諦めて。

しばらくの間、イドリースは動かなかった。僕もまた、どうしたらいいのかわからないまま立ち竦んでいた。

でもしばらく後、顔を上げたイドリースを見て、僕は声にならない悲鳴を上げた。

イドリースの瞳は狂気めいた色を湛え、ぎらぎらと光っていた。

絶望し、理性をなくした獣の目。

服の裾がぐいと引かれた。足首が掴まれる。捕らえられてしまえば、僕に逃れる事などできない。あ、と思った時には躯が宙に浮いていた。

抱え上げられ、柔らかな寝台に下ろされる。

跳ね起きようとした躯は簡単に押さえ込まれた。乗り上がってきたイドリースの躯が重石となり、僕はろくに動けない。

離してと叫ぼうとした唇が唇で塞がれる。

「う……ん……っ」

僕はぶるりと身を震わせた。挿し入れられた舌が蠢く度、下腹までじんわりと熱が広がってゆく。

なに、これ。

イドリースにキスされて、僕、感じてしまっている……？

男に愛撫され反応してしまう自分が怖かった。でも初めての経験が、抵抗するのも難しい程蠱惑的《こわくてき》だったのも確かだった。

イドリースがまた僕にキスをする。

耳の下の柔らかな皮膚《ひふ》に、まだトウブの下に隠されている胸元に、新しい疼《うず》きを植えつけていく。

唾液《だえき》で湿った薄い布ごしに胸の粒をきゅうっと吸い上げられると腰までじんと痺《しび》れた。

「あっ、うン……っ」

ぴったりと重ねられているイドリースの躯の熱さが気になって仕方がない。腰のあたりにあたっている堅いものは、多分、イドリースの雄だ。

僕を欲しがって、勃起《ぼっき》している。

目眩《めまい》がした。

「いやだ、イドリースっ！」

トウブの裾をたくしあげられ、僕は暴れた。これを脱がされたら最後だとわかっていた。

イドリースを払いのけようと翳した拳が、偶然イドリースの顎《あご》を強打する。

僕は息を呑んだ。

打たれた勢いで横を向いたイドリースの顔色が変わる。勢いよく拳が振りあげられる。

――殴られる！

恐怖が極限まで膨れあがった瞬間、僕の中で何かが壊れた。

声が、出ない。

視界の端で黒い影が蠢き始める。

なに――これ。

イドリースは僕を殴ったりはしなかった。瞬時に己を取り戻し、拳を引いた。

でも――もう、駄目《だめ》だった。

躯が、動かない。

恐怖に竦み上がってしまった僕を、イドリースがどこか苦しげな表情で掻き口説く。

「――聞け、ハル。俺の持っているものなら何でもハルに与える。行きたい場所があるならどこでも俺が連れていく。望みはなんでも叶えてやる。だからハル――俺のものになれ」

唇の端に宥めるようなキスをし、僕の躯に手を這わせる。

何を言う事もできなかった。

その時の僕はひきつったような呼吸を繰り返すだけで精一杯だった。

目はもうイドリースを見ていない。脈絡のない暴力のイメージが脳裏に閃いては消える。

黒ずんだ血の色。白い、砂。

からみついてくる黒い影。

夢で見たのと、同じ。

「ハル、愛している。ずっとおまえを想っていた。触れたくて、頭がおかしくなりそうだった」

全く抵抗しなくなった僕に許されたと思ったのだろう、イドリースの愛撫が大胆さを増した。

トウブを完全に脱がされ、下着も奪われた。

青ざめ震えている僕に、イドリースがささやく。

怖がらなくてもいい。傷つける気はない。ただハルを、愛したいだけ。

――愛しているなら、やめてほしかった。

イドリースが服を脱ぎ捨てる。

視界の端に映ったイドリースの躯は逞しく、褐色の肌にはあちらこちらに無惨な傷跡が残っていた。それも、単なる事故によるものではない。半分は銃創《じゅうそう》だ。

こんな傷が躯中にあるなんて、イドリースは一体――何者なのだろう。

――怖い。

「あ……あ……っ」

褐色の掌が僕の足の間を探る。柔らかく握られ、僕はおののく。薄い皮膚の上をイドリースの手が上下する度、何かが躯の中に充満していく。僕は喘ぎ、恥知らずにも角度を増していく自身に絶望した。

こんなのは——いや。

時々イドリースが身を屈め、つるりと剥《む》けた場所にキスをする。熱く濡れた舌がひらめく度、僕の腰はひくつく。淫らな反応はするのに、僕の躯は僕の言う事を聞こうとはしてくれない。

「あ……っ、あ……！」

「ハル」

……どうしよう、出てしまいそうだ。

イドリースを押し退け、弾けそうな場所を隠したい。でも躯が、動かない。

「や、めて……」

ようやく絞り出せた声はかすれていた。

イドリースがひとつしかない目を眇《すが》めた。熱に浮かされたような目で僕を凝視《ぎょうし》する。ゆるゆると僕を刺激していた手が勢いを増した。

「あ、あ、あ……っ、い、やだ……っ！」

足が、勝手に跳ねた。

両手でイドリースの手を止めようとしたけれど、逆に割れ目に爪を立てられ、僕は仰け反った。

「や……っ」

イドリースの目の前で、弾けてしまう。

白濁がイドリースの手を、僕の下腹を汚す。

いけないと思ったけれど止める事もできず、僕は震えた。

信じられなかった。イドリースが見ているとわかっていたのに、僕は勃起し、射精した。

弱々しく喘ぐ僕の腰をイドリースが引き寄せる。たいして肉のついていない尻をイドリースの掌が揉む。

双丘の間を白濁で濡れた指が滑り、堅く締まった後ろの入り口を撫でた。

な、に……？

「力を抜け」

ぐ、と何かが後ろに押し込まれる。

「ひ、や……っ」

信じられない事態に内壁が収縮した。入ってきたものはそう大きくはなかったが、内臓に押し入られる恐怖に僕は耐えられなかった。

異物を押し出そうと腹に力が入る。嫌がっているのがわかるだろうに、イドリースはやめてくれない。ぐいぐいと奥まで突っ込んでくる。

根本までもぐりこむと、それは内部で蠢き始めた。

「うう……」

気持ちが、悪い。

不快感に喘ぐ僕の前にイドリースが手を回す。ふにゃりと横たわっていたそれに指を絡められ、僕は唇を噛んだ。

また無理矢理高みへと押し上げられる。

性に慣れない僕を感じさせるのは赤子の手をひねるようなものだったろう。僕は他愛もなく前を堅くさせイドリースを喜ばせた。躯の中では何かが動き続けている。一旦それが退いていく感触にほっとしたが、すぐ倍の太さになって戻ってきた。

指だ。

これは、イドリースの指。

それで内臓をいじくられている。

一体、どうして。

なんでこんな事になっているんだろう。

僕とイドリースは友達、だったのに。

――待って。本当に僕達は友達だったんだろうか。

よく考えたら僕はイドリースにそう言われたから信じただけだった。何の確証もない。

真実は失われた記憶の中に埋もれている。

——思い出したい。

僕は初めて必死に願った。今すぐ全部思い出したい。

指は更に増やされた。三本の指がばらばらに動き内側から圧迫してきて、すごく苦しい。

嫌なのに僕の前はイドリースにあやされて露を滴らせている。いいようにもてあそばれる屈辱に、目が潤んできた。

もういやだ、と思った時だった。

ひくん、と、腰が跳ねた。

イドリースの指がある場所をかすめた途端、とんでもない快感が走ったのだ。

「う、ふ……！」

——なに、これ。

イドリースの指先が、そこばかりを狙って動き始める。

「あ……あ、あ……、い、いや……、イド、リ……っ！」

「本当に、いやか？」

問われ僕はたじろいだ。本当は、よくわからなかった。

そこをいじられると、すごくイイ。もっとして欲しいという欲求が確かに僕の中にはある。

でも、これは、強姦で。

僕は意に反し行為を強要されているわけで。

こんな風に喘ぎながら焦れったそうに腰を振るなんて、絶対に間違っていて。

僕は惑乱し、懇願《こんがん》した。

「も、やめ……、許し、……っ」

聞こえた舌打ちに、心が竦んだ。

僕の中から指が抜き出される。

ほっとしたのも束の間、イドリースが投げ出されていた僕の足を抱え上げた。腰が前に進められ、イドリースの逞しい性器がそこに押し当てられる。

——そうして僕は、容赦《ようしゃ》なく引き裂かれた。

すさまじい痛みに、声も出せなかった。

狭い内壁に締めつけられて苦しいのだろう、イドリースも顔をしかめている。痛いならやめればいいのに太いモノをぐいぐいとねじ込まれ、僕は息をひきつらせた。

どこか切れたらしい、ひときわ鮮やかな痛みが走る。

血で滑りがよくなったのだろう、ぬるりと奥まで侵入された。尻にイドリースの茂みが当たり、根本まで突き入れられてしまったのがわかる。

痛くて、死にそう。

イドリースが動き出すと、僕は再び苦痛の波にさらわれた。気を失ってしまいたかったけれど、緩急をつけて襲ってくる激痛に気を失う事もできなかった。

そっか。すごく親切なひとだと思っていたけど、イドリースはつまり、僕とこういう事がしたかったんだ。

あの奇妙な眼差しは、僕の躯に対する情欲を示していたのだろう。

だから僕は鳥籠の中で目覚めた。扉には鍵がかけられ、イドリース同伴でなければ外に出る事を許されなかった。これで全部理解できた。

僕はイドリースが飼う鳥なんだ。

友達だったなんて、嘘。

愛しているっていう言葉も嘘。

好きだったら、こんなに痛い目に遭《あ》わせる訳がない。

出血が続いているからだろう、イドリースの動きは淀みなく、僕は傷をえぐられる痛みを味わわされ続けた。

永遠に続くかと思われた責め苦の果て、ようやくイドリースの躯が震え、動きが止まった。

イドリースが果てたのだ。

ようやく解放されると思うと同時になんだか悲しくなってきて、僕は瞬いた。眦《まなじり》からぽろりと塩水がこぼれ落ち、シーツに新たな染みを作る。

イドリースはそんな僕の目元と唇にくちづけ身を引いた。ずるりとイドリース自身が抜き出される。

何気なく下肢を見たイドリースの顔色が変わった。愕然《がくぜん》とそこを凝視し、動かなくなる。出口を塞いでいたモノが抜けたせいで、どっと血が溢れたのが感覚でわかった。精の臭いを上回る血腥《ちなまぐさ》さが鳥籠の中に広がる。

僕はのろのろと頭を持ち上げた。

僕達の下肢は血塗《ちまみ》れだった。

凄惨《せいさん》な光景に最後の糸が切れる。

すうっと意識が遠のいてゆき、ようやく僕は望んでいた暗闇に沈んでいった。

六

翌朝、夜明けと同時に僕は目覚めた。

酷く喉が乾いていた。躯のあちこちが痛い。特に躯の奥深くでは苦痛が脈打っている。

酷く熱っぽくて起きあがる気になれず、僕は仰向けに横たわったまま丸天井を見上げた。

天窓の向こうの空は紫色に染まっている。憂《うれ》いを帯びた色味の物悲しさに、思わず涙が出そうになる。

汗と精液で汚れていた筈の肌は綺麗になっていた。柔らかなコットンの寝間着が着せられて、血塗れだった寝具も清潔なものに替わっている。

細やかな気遣いに僕は小さく笑った。どんなに取り繕っても、なかった事になんてできないのに。

水を飲みたいな。

ふと浮かんだ欲求に従い、僕は躯を起こそうとした。

目覚めたばかりの頃のように躯が重く、少しでも動くと頭の芯に鈍痛が生まれる。どうやら発熱もしているようだ。

なんとか薄い上掛けの下から這い出し、水差しに手を伸ばす。でも僕の手は水差しに到達する前に止まってしまった。

イドリースが鳥籠の中にいた。

バスタブに寄り掛かり、床に直接座り込んでいる。

憔悴《しょうすい》しきった顔に僕は困惑した。

傷付けられたのは僕なのに、どうしてイドリースがそんな顔をしているんだろう。

目が合うと、イドリースはゆらりと立ちあがった。いつもの敏捷《びんしょう》さが嘘のようなのろのろとした動きで近付き、僕が取ろうとしていた水差しを持ち上げコップに水を注ぐ。

僕は一連の動きを微動だにせず眺めていた。頭がぼおっとしてうまくものを考えられなかった。

でも水で満たされたコップを差し出された瞬間、呪縛は解けた。

反射的に僕はコップをはねのけた。コップが寝具の上に落ち、水を撒《ま》き散らす。僕は躯の痛みを無視し、大急ぎで寝台の反対側へと這っていった。

早く、逃げなきゃ。その一事で頭の中はいっぱいだ。

落ちるように寝台から下りると、着地の衝撃で昨夜傷付けられた場所に激痛が走った。

小さな呻き声に、イドリースが心配そうな声を上げる。

「ハル！」

僕はイドリースから一番遠い場所まで逃げ、格子に背中を押しつけた。

この人は僕を辱《はずかし》めた。

いやだって言ったのに、僕の哀願より己の欲を満たす事を優先させた。

信頼していたのに、イドリースにとって僕はただのセックスの道具だったのだ。好きに遊べる、お人形《ダッチワイフ》。

もう、この男を信じたりなんかしない。

「ハル……」

心底後悔しているように聞こえるイドリースの声を締め出したくて、僕は両手で耳を塞ぐ。

従順だった僕が見せた激しい拒絶に、イドリースは衝撃を受けたようだった。自信に満ち溢れていた黒い瞳に傷ついた色が浮かぶ。

「ハル」

イドリースがまたゆっくりと移動を始める。寝台を回り込もうとしているのに気が付き、僕も弾かれたように腰を浮かした。だが膝に力が入らなくて立ち上がれない。仕方なく僕は床に手をつき、獣のように這ってイドリースから遠離《とおざか》ろうとした。

僕の無様な様子にイドリースは顔色を失い、足を止めた。きつく拳を握りしめ、隻眼を伏せる。

「すまない。こんな怪我《けが》を負わせるつもりではなかった。ハル、俺はただ……」

僕は両手できつく耳を塞いだ。もう嘘は、聞きたくない。

「ハル……」

イドリースが悄然《しょうぜん》と肩を落とす。

ちくんと胸を刺した小さな痛みを、僕は無視した。イドリースは悪い人。同情する必要なんかない。

「……わかった。もう、近づかない。だから寝台で躯を休めろ。すぐ寝具を新しいものに換えてやる。いいな?」

僕は返事をしなかった。

イドリースはしばらく僕が何か答えるのを待っていたが、やがて諦め、新しい寝具を取りに部屋を出ていった。

僕はそろそろと寝台に近付き、毛布を掴んだ。床の上を引きずって、鳥籠の隅に戻る。サイドテーブルの陰で毛布にくるまると、僕はできるだけ小さく身を縮め、目を閉じた。

ひどく寒くかった。躯ががくがく震えて止まらない。タイル張りの床ってこんなに冷たかっただろうか。毛布を被ってもちっとも躯があたたまらない。

僕は震えながら、気を失うように眠りに落ちた。

七

またあの夢を見た。

禍々しい程青い空が頭上に広がっていて、日差しがじりじりと肌を焼く。

……暑い……。

真昼の砂漠は五十度を超える。壊れたサウナの中のような環境に、僕の躯は適応できない。上りすぎた体温のせいで僕は朦朧《もうろう》としていた。

躯は半ば砂に埋まっており、身じろぐと服や髪の間からぱらぱらと砂がこぼれ落ちた。乾燥しきった僕自身が砕け砂になってしまうまで、きっとそう長い時間はかからない。

動けない僕の周りに、大きな影が迫る。

違う。影じゃない。

僕は唐突に気づいた。

クーフィーヤが強い風にはためいている。これは日に焼けたアラブ人だ。アラブ人が僕を取り囲んでいる。

日差しが強いせいで、下から見上げた男達の顔は真っ黒に塗りつぶされているように見えた。

真っ暗な闇、そのもののように。

男達が口々に何か捲《まく》し立て、砂になろうとしている僕に手を伸ばす。何本も伸ばされた手の中で、僕はぼろぼろと砕け壊れてゆく。


声にならない悲鳴を上げ、僕は跳ね起きた。もがきながら躯の上にかかっていた薄い上掛けをむしり取る。きょろきょろと見回すが、周囲に男達の姿はない。

――――夢？

現実ではなかったのだとわかると、僕は肩で息をしながら溢れる涙を拭った。

無意識に視線を巡らせる。

――――イドリース。

イドリースは鳥籠の外にいた。格子に手をかけ、じっと僕の様子を窺っている。その姿を確認した僕は、ほうと安堵《あんど》の息を吐き――――自分が今、何をしたのか気付いて、ぎくりとした。

どうして僕は今、あの男の姿を探したんだろう。あんな酷い事をされたばかりなのに。

「ハル。大丈夫か？」

低い、艶のある声が僕を気遣う。

「大丈夫じゃ、ない、よ」

力無く言うと、イドリースは格子を握り締め身を乗り出した。

「ハル、俺が中に入るのを許せ」

「だめ」

そっけなく断りながら、僕は目覚めた頃の事を思い出していた。

いきなり泣き出した僕にイドリースは何も言わず肩を貸してくれた。背中を撫でる手は優しく、安心できた。

でももうイドリースに甘えるなんて事はできない。僕は独りで耐えるしかない。

僕は枕に顔を埋め、嗚咽《おえつ》を押し殺す。

イドリースが溜息を吐く。

不意に踵《きびす》を返すと、イドリースは背の高い扉に歩み寄り大きく押し開いた。指笛が吹き鳴らされる。

おん、と。聞き覚えのある吠え声が微かに聞こえ、僕は思わず顔を上げた。大きな黒い塊《かたまり》が部屋の中に飛び込んでくる。

「カニス……！」

イドリースが鳥籠の入り口を開けると、カニスはまっしぐらに僕の元へと突進し、寝台に飛び乗った。

寝台が大きく揺れる。優美な黒い獣が僕にのしかかってくる。

僕は尻尾をふりまわし顔中舐め回そうとする犬に力一杯縋《すが》りついた。

あたたかな躯を腕の中に感じた途端、鼻の奥がつんと痛くなる。

一体僕が何をしたって言うんだろう。

どうして僕ばっかりこんな目に遭わなくてはならないんだろう。

躯は壊れているし、記憶はない。おまけに男に強姦されて。

イドリースは裕福だ。隻眼とはいえいい男で、男でも女でも望めば幾らでも手に入るに違いない。それなのにどうしてよりによって僕に目をつけたんだろう。

優しい人だと思っていたのに。良い友達だと、思っていたのに。僕はもう、何を信じたらいいのかわからない。

毅然《きぜん》としていたいのに、嗚咽が込み上げてくる。

涙は次から次へと頬を伝い、僕は声を殺す努力を放棄した。声を上げて泣き出すと、カニスが鼻先で優しく僕をつつき、慰めてくれる。

鳥籠の外に締め出されているイドリースは格子に背を預け、一人俯いていた。

青すぎる空の下、僕はアラブ人達に壊され続ける。

体調が悪いせいだろうか、砂漠の悪夢を頻々《ひんぴん》と見た。

泣きながら目覚めると、僕は寝台の中でカニスの頭を抱き締め動悸が治まるのを待つ。

イドリースはいつでも鳥籠の外にいて僕を心配そうに見守っているが、僕が起きている間に鳥籠に入ってくる事はない。

熱がなかなか下がらず、眠りは浅く途切れ途切れ。僕は一日中うつらうつらとして過ごしている。食欲はほとんどなく、折角《せっかく》太った躯はまた徐々に痩せてきていた。

あの夢は失われた僕の過去と何か関係あるのかな。

そんな事をふと思い、僕は躯を震わせる。

「お水、飲みたい……」

目元を擦りながら起きあがると、僕は荒んできた室内を見渡した。

僕が水遣りをしなくなったせいで、鳥籠の中の植物達は急速に枯れつつあった。咲いている花なんてひとつもない。落ちた花の残骸がタイルの上で朽ちつつある。

サイドテーブルにはいつでも食べられるよう軽い食事が用意されていた。新しい寝間着やタオルもある。

寝台の上に浅いくぼみが残されているのを発見し、僕は唇を噛んだ。触れてみるとまだあたたかい。ついさっきまでイドリースがここに座っていたのだ。

胸の奥がざわざわする。

僕が眠っている間、イドリースは自由に鳥籠を出入りしているようだった。鍵を持っていない以上、僕にイドリースを締め出す手段はない。僕は殆ど毎日イドリースに無防備な寝姿を晒《さら》している。その気になればイドリースはいつでも僕を好きにできる。

ここはイドリースが支配する世界だ。

カニスはいい子だけどイドリースの犬だし、いざという時僕を守ってくれたりはしないだろう。

僕はここを出るべきだ。

水差しを引き寄せながら、僕は熱でぼうっとした頭で考える。

この部屋を出るには、まず鍵を手に入れなければならない。

でも、どうしたらいいんだろう。

あの夜からイドリースは僕の傍を離れない。鍵だってどこにあるかわからないし、それに外に出たら――がいるかもしれない。

ぶるりと嫌な震えが走った。

――って、何だろう？　僕は今、何を考えていた？

グラスを取ろうとして、僕はふと自分の手に目を留めた。

指先が、震えている。
僕は唇を引き結ぶと、力一杯掌を握り込んだ。

八

ある日いつものように悪夢から目覚めると、イドリースの姿が消えていた。

寝台の上に座り、僕はぐるりと周囲を見回す。少なくとも目に見える範囲にはいない。空調の音だけが遠く聞こえる。

涙の跡の残る頬を擦りながら僕は寝台から下りた。カニスが冷やっこい鼻先を押しつけてくるのを片手でいなしながら格子の際に寄り、寝台の上からでは見えなかった場所を改める。

やっぱり、いない。

誰にも見られていない開放感に少し唇の端が上がった。

「ね、ちょっと離れていて、カニス」

遊んで欲しくて尻尾を振っている犬の鼻先を押し戻し、僕は寝台に腰掛けた。寝間着の裾を捲り上げ、頭から抜く。

この部屋は快適な温度に保たれていたけれど、僕の躯は寝汗でべたべただった。夜着は湿って気持ち悪いし、自分でもイヤになるほど汗臭い。でも今ならイドリースがいないから、裸になって水を浴びる事ができる。

下着も脱いで寝台の上に置くと、僕は全裸のままぺたぺたとバスタブに歩み寄った。まだ少しふらつくので用心深く膝を突き、金色のカランに手を伸ばす。

萎れた花が浮かぶ水の面には、痩せた青年の姿が映っていた。

青みがかって見える程に白い肌に、肉の薄い骨張った躯。筋肉がなくなってしまったせいか、躯の線に男性らしい硬さがない。

肩を覆うほどに伸びた黒髪のせいでますます肌の白さが際立ち、気味が悪かった。なんだか、生きている人ではないみたいだ。

「……やだな……」

見ているうちに気分が落ち込んでくる。

久しぶりに自分のみすぼらしい姿を見て、確信した。

愛しているなんて、絶対に嘘。イドリースのような男が僕なんかを好きになる訳がない。

きつくバスタブの縁を握り締め、僕は唇を噛む。

石鹸《せっけん》も海綿《かいめん》も見つけられなかったのでタオルを濡らし、汗ばんだ躯を自棄《やけ》になって擦っていった。一通り流し終わると、僕は肩に掛かる髪を摘んで眺めた。

シャンプーしたい。

シャンプーはいつもイドリースがしてくれていた。ボトルがどこにしまってあるのか、僕は知らない。

四つん這いになってバスタブの裏を覗き込んだりしていたら、カニスに脇腹をつつかれた。

離れててと言ったのに、カニスは全然言う事を聞かない。僕にまとわりついて、しきりに匂いを嗅ごうとする。

「だめだよ、カニス。せっかく拭いたのに、おまえのヨダレがついちゃうだろ」

厳しく叱ってもカニスには通じない。反省するどころか、千切《ちぎ》れんばかりに尻尾を振って、僕の顔を見上げている。

「まったく、もう」

シャンプーを探すのを諦め、ぺたりと寝た耳の間を掻いてやっていた時だった。

カニスがいきなり躯を起こした。同時にけたたましい音が鳥籠の静寂を揺り動かす。

びっくりして振り返ると、両開きの扉の前にイドリースがいた。

足元に大きな銀の盆がひっくり返っている。粉々になった茶器や食器、それから料理らしき物が派手に散乱している。

何事にもそつのないイドリースがこんな失敗をするなんて、珍しい。しかもイドリースは、散らかった食事などには目もくれず、じいっと僕の方を見つめている。

一体何を見ているんだろうと首を傾げ、僕ははっとした。

「あ。そういえば、僕、裸……！」

男同士だし、ま、いっか、という訳にはいかない。

イドリースは強姦魔なのだ。

僕はくるりとイドリースに背を向けた。大急ぎで寝台に投げ出してあった寝間着に頭を突っ込み、裾を引っ張る。不器用に袖を通しながら振り向くと、イドリースの姿は消えていた。

「あれ……?」

どこへ行ったんだろう。

食事の盆はひっくり返ったまま、両開きの扉も開け放されている。

——今なら、外に出られるかも。

格子を握り締めぼんやり眺めていた僕は、唇を引き結んだ。

もちろん、イドリースはすぐ帰って来るかもしれない。見つかって、連れ戻されるかも。でも試してみて損はない。

僕は裸足《はだし》のまま歩き出した。注意深く鳥籠の扉をくぐり、短い階段を下りる。割れた食器を避け、扉の端から恐る恐る外を覗いてみて——、一瞬、心臓が止まりそうになった。

イドリースがすぐ傍にいた。

廊下の柱に縋り、冷たい石面に額《ひたい》を押しつけている。こちらに背を向けているせいで、まだ僕に気がついていない。

……行けるかもしれない。

僕は息を詰め、廊下を横切った。

イドリースのほんの数メートル後ろを通り過ぎ、中庭に入る。森の中は見通しが悪いから、中庭を通り抜けさえすれば、とりあえずイドリースの視界からは逃れられる。

森の入り口で振り返ると、イドリースはまだ柱の傍にいた。眼帯をつけている側しか見えないけれど、ひどく苦しそうな顔をしている。

胸の奥が鈍く疼いた。

落としてしまった盆の中身は多分僕の夕食だ。僕のために運んできて、寝ていると思った僕が裸でいたからびっくりして取り落としたんだろう。

家事になど縁はなさそうな人なのに、イドリースは細やかに僕の面倒をみてくれた。下心故だったとしても、僕が随分イドリースに助けられたのは確かだ。

——あんな事さえしなければ、僕はまだずっとイドリースを好きでいられたのに。

「さよなら」

小さな声で呟くと、僕は森の奥へと向き直った。もう振り返ったりはせず、まっすぐに歩いていく。

真昼の森は空調の効いた部屋よりも大分気温が高かった。拭いたばかりの躯がすぐ汗ばんでくる。

なんでもない小枝や石が剥き出しの足の裏に食い込んで痛い上、まだ熱があるせいですぐに息が切れ始めた。

――しんどい。

でもこの森さえ抜ければきっと人がいる。そう信じ、先に進む。

だけど物事は僕が望んだようには進まなかった。

四阿を通り過ぎしばらく進むと、唐突に森は終わってしまった。五メートル程の砂地を挟んだ先に高い塀が立っている。

左右を見渡してみると、そう遠くない場所に門が見えた。僕は少し立ち止まって荒くなった呼吸を整えると、森伝いに門に近付いていった。

鉄格子でできた門越しに、外の景色が見える。

塀の外には、白い砂漠が広がっていた。悪夢に出てくるのとまるで同じ。カラカラに乾いた砂がどこまでも続いている。

暑いのに嫌な寒気を覚え、僕は身を震わせた。

あそこには、行きたくない。

でも塀があるという事は、この森はイドリースの屋敷の敷地内なのだ。この塀を乗り越えない限りは、イドリースの手の内から出られない。

意を決し、僕は森の陰から踏み出した。

木陰から出た途端、強烈な陽射しに肌を灼かれた。砂も熱く、まるで熱したフライパンの上を歩いているようだ。僕は小走りに塀が作る影へと駆け込むと、手だけを伸ばし門を外した。門を押し開け、塀の向こうを見回してみる。

左右にはどこまでも塀が続いているだけで、他には何も見えない。

遙か遠くに高層ビルが建ち並ぶ都市があるが、相当な距離がある。

強い照り返しのせいで、早くも目の奥に鈍痛が生まれている。気温が高いのか、熱が上がってきているのかわからないが、とにかく暑くて気分が悪い。

でも、もたもたしていたらイドリースが追ってくる。鳥籠に連れ戻されたらもうチャンスは巡ってこないだろう。

僕は唇を引き結んだ。大きく深呼吸して息を整え、砂漠の先を見据える。

とにかく、行こう。

砂の上へと踏み出そうとして、僕はふと耳をそば立てた。

何か、聞こえる。

砂漠の向こうから何か近付いてくる。

アラブ人、だろうか。

一気に肌が粟立《あわだ》った。僕は慌てて塀の内側へと戻り、門の陰から音の源を探した。

近付いてくるジープが見えた。銃を持った男が二人乗っている。あの悪夢に出てきた男達と同じ、クーフィーヤを風になびかせたアラブ人だ。

どくん、と心臓が大きく跳ねた。

塀に背中を押しつけ、僕はその場にしゃがみ込む。

僕はまた、夢を見ているんだろうか。

違う、と僕は自分に強くいい聞かせた。これは現実だ。夢ではない。

彼らが僕に気付いたかどうかはわからないが、ジープはこの門に向かっているようだった。ここにいたら、見つかってしまう。

ひとまず森の中に隠れようと目を上げ、僕は瞠目《どうもく》した。

僕の背後には思ってもいなかった光景が広がっていた。

こんもり茂る森の向こうに、豪奢《ごうしゃ》な建物がそびえている。

絢爛豪華《けんらんごうか》な装飾がなされたその建物は、個人の所有物とはとても思えない規模で、まるで――王宮のようだった。

千夜一夜物語《アラビアンナイト》に出てくる、王の壮麗《そうれい》な宮殿。

繁茂《はんも》する緑とイドリースの屋敷に視界を覆われていたせいで、僕はこれまでそんなものがあるとは知らなかった。

手前の森の中に建つイドリースの屋敷は、宮殿と同じ敷地内にあるようだった。宮殿と較《くら》べればちっぽけだが、イドリースの屋敷もまた非常識な程壮麗だ。

——ここは一体、どういう場所だったんだろう。

茫然と眺めていた僕は、ふと視界の端で動くものに気が付き目を凝らした。

「あ……うそ……」

アラブ人だ。木々の間に銃を構えたアラブ人が何人もいる。口々に何事か叫《わめ》きながらこちらへと向かってくる。

今度こそ頭の中が真っ白になった。

銃を持ちアラビア語を操る男達は僕を取り囲んだ。手を伸ばして、僕を捕まえようとする。

——悪夢と、おんなじだ。

僕は恐怖で竦み上がった。前にも後ろにも逃げられない。

現実が夢に侵食される。

僕はまた、あの男達に囚われてしまうのだろうか。

すうっと気が遠くなる。このまま気を失うんじゃないかと思った瞬間、おん、という吠え声が聞こえた。

「カニス……！」

まさかと思って目を上げると、森の奥から弾丸のように駆けてくる黒い影が見えた。

一気にアラブ人達の前まで出ると、カニスは僕の周囲をぐるぐる回った。低い唸り声をあげ、近付いてくる男達を威嚇《いかく》する。

カニスの後を追うように、森の中からイドリースが現れた。

威厳すらそなえた堂々たる体躯を反らし、悠然と男達を見渡す。

イドリースが厳しい口調で短く何かを命じた途端、男達は一斉に銃口を下げた。うやうやしく道を開け、イドリースを通す。

イドリースはまるで王様のように男達の間を通り抜け、僕の前に立った。

強いまなざしが僕を射る。

「ハル！」

怒られるのかと思ったが、違った。イドリースは大きく両手を広げていた。

おいで、と。言われたような気がした。

帰っておいで、と。

もちろん、僕の帰る場所はそこではない。

なのに気が付いた時には僕はイドリースの腕の中に飛び込んでいた。

逞しい躯に両手で、力一杯しがみつく。イドリースの躯は以前と同じく、あたたかくて揺るぎなかった。

イドリースは片手で危なげなく僕を抱きとめ、自分のクーフィーヤをむしり取った。

「何も被らず外に出るな。鼻の頭がもう赤くなっている」

白い布が僕の頭に被せられる。強い風にはためくそれを両手で押さえ顔を上げると、イドリースに目の下をなぞられた。

僕はまた、泣いてしまっていたらしい。

そんなつもりはないのに、涙が頬を伝い落ち、止まらない。

変だ。

僕はここで目覚めてから、泣いてばかりいる。

「おまけに灼けた砂の上を裸足で歩くとは」

独り言のようなつぶやきが、ひどく優しく胸に響く。

イドリースは軽々と僕を抱き上げると、厳しい口調で男達に何かを言い渡した。ぴりぴりした空気を発していた男達はそれだけであっけなく散り始め、門の外に止まっていたジープも何処《どこ》かに走り去っていった。

イドリースは僕を抱え上げたまま、木陰へと歩き出した。

来た道を辿り、部屋に戻る。

男達の姿が周囲から消えると、徐々に気持ちが落ち着いてきた。僕はイドリースの胸にもたれかかり、目を伏せた。イドリースの腕の中は、不思議なくらい安心できた。

僕はこの人に囚われているのが嫌で逃げ出してきた筈なのに、どうしてこんな気分になれるんだろう。

何かが、狂っている。でもどうしてかが、わからない。

中庭を突っ切った先にある僕の部屋は出ていった時のまま、入り口に食事の残骸が散らかっていた。イドリースの足の下で割れた陶器が踏み砕かれる音がする。

階段を昇り鳥籠の入り口を抜けると、なんだかほっとした。

僕は自分で思っていた以上に、鳥籠で飼われる生活に馴染んでしまっていたらしい。

イドリースは僕を鳥籠の奥まで運ぶと寝台に下ろそうとしたが、僕が首にかじり付いて離れないので、諦めて僕を抱き抱えたまま寝台に腰を下ろした。

「泣くな。大丈夫だ。あれは警備の者だ。おまえが門を勝手に開けたから来ただけで、傷つけるために集まったのではない。ここにおまえを脅《おびや》かすものなどいない」

イドリースが低く艶のある声で囁《ささや》く。大きな掌がゆっくりと僕の背中を撫でてくれる。

足元に座ったカニスも僕を慰めるように、砂で火傷《やけど》した足を舐めてくれた。

どれだけそうしていただろう。

やがてとめどもなく流れ続けていた涙が止まった。すん、と鼻を鳴らし、僕は袖口で顔を拭う。

大泣きしてしまったのが恥ずかしい。

気まずい気分でイドリースの膝から下りようとしたら腰を引き戻され、どきりとした。

「イドリース、あの……？」

「ハルは俺から逃げる気だったのか？」

沈んだ声が胸に刺さる。おずおずと顔を上げると、イドリースは淋しげに微笑んでいた。

「あんな事をしたんだ――当然だな」

いつも偉そうに構えているイドリースが目を伏せていた。悄然とした姿が痛々しい。

僕は――どうしたらいいのかわからなかった。何も言えないまま、ただ俯く。

自分の気持ちでさえよくわからない僕にはイドリースを許す事も責める事もできない。

九

「やあ、こんにちは、ハル。起きている時に会うのは初めてだな」

熱の下がらない躯を持て余していた僕は、初めて聞く男の声に全身を緊張させた。

イドリースと共に恰幅《かっぷく》の良いアラブ人が部屋に入ってくる。

年齢は三十代半ばくらいだろうか。髭《ひげ》を蓄《たくわ》え、古めかしい丸眼鏡をかけている。

僕は可能な限り素早く起きあがると、上掛けを胸元で握り締めた。人好きのする笑みを浮かべている男を警戒心も露わに見つめる。

男がイドリースを肘でつついた。顎をしゃくり、何事かイドリースに合図する。

イドリースは少し嫌そうな顔をしたものの、男を僕に紹介した。

「ハル、彼はハサン。医者だ」

「ただの医者じゃないぞ。名医だ」

ハサンが胸を反らし強調する。

すごくうさんくさい。

イドリースとハサンが鳥籠に上がってくると、僕は少し後退り距離を置いた。

「熱が下がらないんだって？　ちょっと診察させてくれるかな」

ハサンが両手を広げ近付いてくる。僕は青くなって端に背中があたるまで後退した。早くも潤み始めた瞳でイドリースに訴えかける。

知らない男に触れられるなんて、絶対にイヤだ。

僕の心の声が聞こえたんだろうか、寝台を回り込もうとしていたハサンの肘をイドリースが掴んだ。

「ハサン、ハルの熱が下がらないのは怪我のせいだと思う」

「怪我？　どこを怪我したんだ？」

「……裂傷《れっしょう》を負っている。薬を出してくれ。あとは俺がやる」

僕は更に青ざめこくりと唾を飲み下した。

イドリースに手当てされるなんて、もっと嫌だ。——でも薬さえあれば、自分で手当てできる。

その方向でイドリースが押し通してくれる事を期待したのだが、ハサンはイドリースの要求を一蹴《いっしゅう》した。

「診察もせずに薬を出すなんて、そんな無責任な事はできないね」

「ハサン」

アラブ人の男達を追い払った時のように、イドリースが威圧的な声を発する。

だがハサンは男達とは違い平然としていた。のみならず、出口を顎で指し示す。

「イドリース、席を外せ。私に患者と直接話をさせろ。そうしないと薬は出さんぞ」

イドリースが唇を引き結ぶ。黒い、鷹のように鋭い瞳がハサンを睨み据える。だがハサンはびくともしない。涼しい顔でイドリースが出ていくのを待っている。

折れたのはイドリースだった。

疲れたような溜息をつくと、イドリースは寝台に手を突き僕の方へと身を乗り出した。反射的に身を竦ませた僕に、どこか思い詰めたような顔で言い聞かせる。

「ハル。ハサンは本当に名医で信用のおける男だ。……何でも相談するといい」

……なんでも？

僕は瞬いた。イドリースは素早く躯を起こすと、ミシュラフを翻《ひるがえ》し部屋を出て行った。

枕を抱え逃げ出す隙を窺う僕に、ハサンが陽気に笑いかける。

「いやはやイドリースが私をほめるとは驚いた。人生何が起こるかわからんものだな」

持っていた黒い鞄《かばん》を床に置き、ハサンは両手を擦り合わせた。

「さてハル、邪魔者《じゃまもの》がいなくなった所で、怪我をした場所を見せてくれないか？」

僕はびくりと肩を揺らした。更にハサンから遠離ろうとしたせいで、寝台の反対側から落ちそうになる。

最近怪我をした場所なんて、あそこしかない。あんな所を見せるなんて死んでもイヤだ。

「困ったな。――だがまあ、君の気持ちも分からなくはない。イドリースとの関係を知られたくないんだろう？　だが大丈夫、私は医者だ。患者の秘密は守る」

僕は凍り付いた。

——この人は何を知っているのだろう。

「はは、大当たりのようだな。なに、簡単な推理だよ。イドリースは診察を嫌がった。のみならず、どこを怪我したのかすら言おうとしない。イドリースの君への執着《しゅうちゃく》ぶり、おまけにこの部屋と来れば答はひとつだ。——イドリースの寵愛《ちょうあい》を受けたんだろう、君は」

かあっと体中が熱くなった。枕を抱える手が震え出す。

「寵愛なんて……そんなんじゃありません」

「ふむ。イドリースはあまり優しくなかったようだね。君の反応を見ればわかるよ。突然の闖入者《ちんにゅうしゃ》である私を煙たがるのは当然だが、君はイドリースの事も警戒していた。イドリースも愚かな事をしたものだ」

ハサンはイドリースを平然と非難した。どうやらハサンはイドリースと対等に近い関係にあるようだ。

ならばと僕は懇願した。

「お願いです、僕を逃がしてください。どこかに通報してくれるだけでもいい」

ハサンは丸々とした肩を竦めた。

「申し訳ないが、断る。身から出た錆だとは言え、大事な友人が死刑になるのを見るのは忍びないからね」

僕は上掛けを握り締めた。

「し――死刑？」

「おや知らないのかね？　ザハラムは戒律に忠実な国だ。同性愛など許されない」

人当たりの良い笑みはいつの間にか消え、ハサンは真剣に僕を見つめていた。

僕は言葉を失った。

イドリースが僕を抱いたせいで死刑になるかもしれないないなんて――にわかには信じられない。

「ハサンはイドリースの友人なんですか」

「ああ、乳兄弟《ちきょうだい》でね。彼のことは赤ん坊の頃から知っている」

「彼は、何者なんですか？」

ハサンは笑い出した。

「知らないのか？　こりゃ驚いたな、この国にイドリースを知らない者がいるなんて！　イドリースはザハラム王の第四子だ」

「王様の、子供!?」

僕は大きく目を見開いた。

「そう。西洋で言う王子様だな。もっと詳しくイドリースがどんな立場に在るのか教えて欲しいかね？」

僕が頷くより早くハサンは捲し立て始めた。

「西洋と異なり、この国には長子相続の習慣がない。子供は平等に扱われ、財も均等にわけられ相続される。かつては国土も配分された時代もあったが、それでは国力が弱まるからね、今は一番優れた息子が王位を継ぐ慣習となっている。――二年前までイドリースがその最有力候補だった」

次期王候補。

嘘。

躯の奥底から震えが駆け上がってきた。

そんな人が日に三度僕の食事を運び、新しい寝間着を用意して、僕に――愛してると言った？

ハサンは饒舌《じょうぜつ》だった。次から次へと情報が投げ与えられる。

「イドリースは子供の頃から非常に優秀な男でね。らくだに乗るのもうまかった。勉強もよくできたから留学もした。帰国してすぐ政務に携わり、着々と実績を積んでいた。生まれつき王様業に向いていたんだろうな。覇気《はき》があるし、ここぞという時に思い切った決断を下せるだけの勇気もある。王はもうお年だから、もう数年もすればイドリースに王位が譲られるだろうと皆が思っていた。だが二年前、何もかもが変わってしまった」

「何が——あったんですか？」

「知っているだろう？　テロ絡みの事件で、片目を失ったんだよ」

頭の芯がぶれるような奇妙な感覚があった。

「テロ……？」

銃のイメージが僕の頭を占領する。

長くて大きくて重い鉄の塊——ウジ。イスラエル製のサブマシンガン。あいつらはそれを、人を殴る道具としても使っていた。

——？

僕は一体何を考えているんだ？

僕はこめかみに掌を押しつけた。部屋がぐるぐる回っているような気がする。

「イドリースの左の眼窩《がんか》には今、義眼が埋められている。躯のあちこちを撃たれ、あいつは一線から引かざるを得なくなった。アッラーの思《おぼ》し召《め》しとはいえ、酷すぎる。ようやく今年になって兄上たちの補佐役として復帰する事になったのだが、イドリースは屋敷に引きこもったきり、なかなか王宮に出てこようとしない。ずっと不思議に思っていたのだが、君のせいだったんだな。君をこの部屋で愛でていたからあいつは屋敷を離れられなかった」

「やめてください。僕は何も知らなかったんです」

「ああ、そうだろうとも」

ハサンは立ち上がり、格子に触れた。

「イドリースは君に執着していた。無理にでも手に入れたかったのだろう。冷静なようでいて思い詰める所のある男だからな。伯父上《おじ》にとてもよく似ている」

「伯父、上?」

「そう。先代の王の側近を勤めていた。この鳥籠の元の持ち主だよ。妻のひとりをこよなく愛していてね。彼女のためにこの部屋を作った。妻の目を喜ばせるため大金を投じて部屋をモザイクで飾り、水を引き、緑を育てて。幼いイドリースは彼にとても懐いていて、よくここにも遊びに来ていた。ここは大切な人を世俗から解き放し、愛でるための鳥籠なんだ。イドリースは伯父上から相続したものの、随分長い間ここをほったらかしにしていたが、君のために手を入れた。割れた硝子を整え、砂を払い、花に水をやって」

ハサンがぐるりを見まわす。

植物は枯れようとしていた。どこから入り込んでくるのか白い砂がモザイクの表面をうっすら覆っている。

小さいけれど美しい、閉ざされた世界は崩壊《ほうかい》しようとしていた。

僕は思わず目を逸らした。

僕が悪いんじゃない。こんな鳥籠を作るのがおかしいんだ。

「その奥さんも、僕と同じようにここに閉じこめられていたんですか?」

きっとそうだと思った。そうでなければ鳥籠など据える必要はない。

ハサンは否定しなかった。どこか冷ややかに彼は言い放つ。

「イドリースの伯父上は狂っていたのでね」

声が、震えた。

「僕も永久にここから出してもらえない？」

ハサンは苛立たしげに顔を顰《しか》めた。

「イドリースはまともな男だ。誠実で思いやりがある。君だって知っているだろう？」

「――知りません」

僕は、知らない。

そういう風に思っていた事もあったけれど、あの夜を経験した後ではそうは思えなくなっていた。

ハサンは怪訝そうに眉を上げる。

「はておかしいな。以前からの知り合いだから引き取ったのだと聞いているぞ。なのに君はイドリースの人柄など知らないと言うのか？　王子である事すら知らなかったというのもおかしいな。君たちはどういう関係だったのかね？　そもそも君は一体何者なんだ？」

僕の方が知りたかった。

「わかりません。ここで目覚める以前の記憶が、僕にはないんです」

「なに？」

ハサンがぐいと上半身を乗り出した。寝台の端と端に座っていたにも関わらず、僕は思わず枕を盾に身を引いた。

「そんな事は聞いていないぞ。本当に何も覚えていないのか？　イドリースの事も？　記憶がないのに君はここに閉じこめられ、イドリースと関係を結ばされたのか？」

僕が頷くと、ハサンはごくりと唾を飲み込んだ。

むっつりと黙り込み、顎髭を弄り始める。

やがて唐突に立ち上がると、ハサンはターキーヤをむしり取り、頭を掻きむしった。くしゃくしゃの頭のままじろりと僕を見据える。

「イドリースを恨んでいるか？」

どう返事をしたらいいのかわからず、僕は落ち着きなく上掛けをいじった。

僕はイドリースを恨んでいるのだろうか。

もちろん、あんなひどい事をしたのだからイドリースは嫌いだ。だが恨んでいると表現する事にはためらいを感じた。

僕は――むしろ、悲しかったのだ。

信頼していた人に裏切られて。僕の気持ちを無視して躯を奪われて。それまでイドリースをとてもいい人だと思っていたから、だから、許せなかった。

「あれは本来悪い男ではないんだよ。君の体調についてもとても心配している。なあハル、傷ついた場所を見せてくれないか」

「いやです」

にべもない返答にハサンは溜息をついた。

「いつまでもつらい思いをする方がイヤだろう？　発熱が続くという事は、傷が順調に治っていないという事だ。早く処置した方がいい」

「ここから出してくれるのなら言う事を聞きます」

「無理難題をふっかけてくれるな。残念ながら私には診察をせずにこの部屋を出る事はできないんだよ。乳兄弟だから不遜《ふそん》な振る舞いを許されてはいるが、限度ってものがある。曲がりなりにも私はイドリースの臣下《しんか》だからね。逆らう事はできない」

ハサンは眼鏡を外すと、掌で汗を拭った。

「観念したまえ。動物園の猿のように鎮静剤を打たれるのは嫌だろう？」

黒い鞄を持ったハサンが寝台を回り込んでくる。話していて馴れたのだろうか、もう僕の躯は震えたりはしなかった。

断固抵抗しようかどうしようか、僕は激しく葛藤《かっとう》する。

躯を見られるのは嫌だ。でも、変なクスリを打たれるのは、もっといやだ。

「いい子だ。すぐに終わるからな」

寝具の上に引き倒され、身を竦める。ハサンが寝間着の裾を引き上げている間、僕は躯を堅くして息を殺していた。

「イドリース、終わったぞ」

寝間着の裾が引き下ろされハサンが離れると、僕は即座に上掛けを頭の上まで引っ張り上げ、布団の中でもそもそと下着を直した。

診察のためとはいえあらぬ場所を見られるのは酷くつらかった。惨めな気分で僕は枕に顔を埋める。

「ハルは大丈夫か」

すぐ近くでイドリースの声が聞こえた。ハサンが事務的に答える。

「化膿《かのう》はしていないが、治りが遅いな。体力がないせいだろう。後で薬を届けさせよう」

「恩に着る」

「礼などいらん。イドリース、ハルに無理矢理乱暴したな」

ひゅっと息を飲む音が聞こえた。

それから鈍い衝撃音に、呻き声。

僕は驚いて上掛けをはねのけた。

「なに……しているの？」

イドリースが床に膝を突いていた。口元が切れ、血が滲んでいる。

その前でハサンが拳を握ったままイドリースを見下ろしていた。

ハサンがイドリースを殴ったらしい。

僕はおろおろと二人を見比べた。

一体、何が起こったのか、僕にはさっぱり理解できなかった。ハサンはイドリースの味方の筈だ。臣下だから逆らえないのではなかったのだろうか。

「ハルは人間だ。ペットじゃない。人権がある。日本に戻れば、家族だっているのだろう？　一歩間違えば国際問題だ。王族の癖になんでこんな馬鹿をやった」

――――家族。初めてその可能性に気付き、僕ははっとした。

「イドリース、僕には家族がいるの？」

イドリースは、意固地《いこじ》に唇を引き結び目を逸らしている。

罪を自覚している人間の顔だった。僕には心配する家族がいるのだ。イドリースはちゃんと知っていた。なのに僕が無事だと報《しら》せていない。

それって、ひどい。

ひたひたと新たな怒りが胸の裡《うち》に広がってゆく。

「イドリース、僕、よく覚えていないけど、家族がいるなら心配させたくない。連絡をとらせて」

「だめだ」

イドリースは僕の願いを跳ね除けハサンに命じた。

「ハルがここにいる事を、日本には報せるな」

「知れたら、ハルを帰さねばならなくなるからか？」

容赦なく突っ込まれ、イドリースは黙り込む。

「イドリース、自分の立場を考えろ。この事が外に知られればどうなるか、わからないおまえではあるまい。私はおまえを心配して言っているんだぞ」

「心配など、いらん」

「勝手な事を言うんじゃない。王はおまえの復帰を心待ちにしている。私も、おまえの兄上達もだ」

「再び政務に就く気はない」

あっさりと言い放たれ、ハサンが色を失った。

「イドリース！」

「俺は自分の立場をわきまえている。俺はもはや人の上に立てる人間ではない」

僕は茫然とイドリースを見つめた。

どういう事なんだろう。王子様なのに、人の上に立てる人間ではないだなんて。

もしかして僕に手を出したから？

ムスリムの戒律を、破ってしまったから、だからもう王様にはなれないと言っている？

それってつまり、僕のせい？

だんだん怖くなってきた。

二人の会話は僕の理解の範疇《はんちゅう》を越えている。

ハサンが声を張り上げた。

「ではどうするつもりなのだ。一生ここで隠遁《いんとん》生活を送るつもりか？　記憶のないハルを閉じこめて、こんな傷を負わせ続けるつもりなのか⁉」

「こんな失敗は二度と犯さない！」

突然激したイドリースの怒鳴り声に、勝手に肩が跳ねた。

脅える僕に気がついたイドリースが声を抑える。

「非難は甘んじて受けよう。傷つけて悪かったと思っている。二度とハルにこんな怪我はさせない。――だがハルは絶対に手放さない」

狂気にも似た光を放つイドリースの黒い瞳に射竦められ、鳥肌が立った。

これは駄目だと思ったのだろう、ハサンが攻める方向を変える。

「イドリース、この子に記憶障害が出ているのを知っているな？　脳に損傷がある怖れもある。大きな病院で改めて検査を受けさせた方がいい」

だがイドリースは頑として僕を外に出そうとしなかった。

「今更、か？　検査をしたいならおまえがしろ。他の医者にハルを診せる気はない」

「イドリース、脳というものは非常にデリケートな器官で――」

「記憶なんてなくてもいい！」

苛立たしげにイドリースが叫んだ。

あんまりにも勝手な言葉に、僕は愕然とした。

「なくて、いいんだ……」

イドリースが崩れるように座り込む。いつもぴんと伸ばされていた背が丸まり、垂れ下がったクーフィーヤが横顔を隠した。

苦渋《くじゅう》に満ちた様子に、僕とハサンは顔を見合わせた。

どうしてイドリースはこんなに苦しそうなんだろう。

「そろそろ診療所を開ける時間だろう？　車を出させるから、帰れ」

顔を伏せたままのイドリースに追い立てられ聞こえよがしな溜息をついたものの、ハサンは素直に荷物をまとめ部屋を出ていった。

僕は寝台に座ったまま項垂《うなだ》れたイドリースを見つめた。

僕は一体どうしたらいいのかな。

イドリースは僕の躯が欲しいだけなのだと思っていた。ただ玩具にするためこの鳥籠に閉じ込めたのだと。

でも僕は知ってしまった。イドリースはたかが僕を手に入れるために、信じられない程大きなリスクを負っていた。

同性愛はこの国では大罪だった。

死刑になるかもしれない事を知っていたのに、イドリースは僕を求めた。

王子であるイドリースにとって事はそれだけでは納まらない。王位はフイになるし、王以下多くの人々を失望させる事になる。

イドリースは家族や乳兄弟、その他イドリースに期待する多くの人を裏切ってなんとも思わないでいられるような人間ではない。それくらい、毎日一緒にいたのだからわかる。

でも、一体どうして、というのがわからない。

僕にそんな価値があるとはどうしても思えないのだ。

イドリースが唐突に顔を上げた。椅子から立ち上がり、僕の方へと近づいてくる。

スプリングが大きくたわむ。条件反射のように竦んでしまった僕のすぐ傍にイドリースが膝を乗り上げてきた。何をされるのか察した僕は躯をこわばらせる。

だめ。

でも大きな男の躯を押し戻す事まではできず、抱き竦められた。髪に、額に、鼻先に、情熱的にキスされる。掌が、僕の躯の稜線《りょうせん》を撫でてゆく。

「……あ……」

イドリースの息が荒い。

顎を掬われ、唇を吸われ、僕はできうる限り舌を小さく縮こまらせた。

いやだ、という気持ちを込め、逞しい胸を押す。

だが簡単に押し切られ、寝台の上に倒されてしまった。せわしない愛撫に、イドリースが狂おしい程僕を求めているのがわかる。

厭《いや》だったけど、口の中を舌で撫でられると背筋が震えた。

躯の表面をイドリースの指が滑るたび、何かが躯の中で膨らんでゆく。

……あ。

イドリースが寝間着の裾へと掌を忍ばせると、認めたくはないけれど、期待が僕の躯の芯を灼いた。

「や……っ！」

怖かった。

痛いのはもう、いやだ。そう思う一方で、僕の躯はイドリースに与えられた快楽を思い出していた。もっといやらしい事をして欲しくて疼いている。

自分の中に息づくあさましい欲望を自覚し、僕はおののいた。

「いやだ、イドリース……っ」

思わず名前を呼ぶと、イドリースは僕を抱き竦めたまま動きを止めた。

唇がなだめるように頬を掠める。

愛している、とイドリースは呟いた。

僕は身を堅くして聞こえなかったふりをした。

強引に事に及ぶ気はなかったらしい。イドリースは服を脱がそうとするのをやめ、僕を抱き締めた。

唇を思い出したように押しつけてくる。

「ハル、ハル。俺を拒絶するな」

命令口調で懇願され、僕は気付いた。

やたらと偉そうなのは、王子様だからだったのだろうか。

「ハル？」

顔をのぞき込まれ、僕は目を逸らした。イドリースが眉間に皺を寄せているのが分かったが、僕は頑《かたく》なにそっぽを向いた。

嫌いだと、気持ちを受け入れる気などないのだと、躯で表現する。

イドリースは王子様なのだ。

僕とは違う世界の住人。

僕たちはこんな風に関わりあうべきではない。——お互いのためにも。

小さな溜息をつき、イドリースはもう一度僕を抱き締めた。

一〇

部屋の扉が開くと同時に僕は身を起こした。イドリースがカニスを伴い入ってくると、わざとらしくそっぽを向く。

ハサンがくれた薬のおかげで熱が下がり頭もすっきりした僕は、もうイドリースに隙を見せまいと決意していた。

イドリースがまだ僕を欲しているのはわかっている。でももうキスはしない。躯に触れるのも許さない。目も合わさないし、口もきかない。気持ちを受け容れる気はないと断固として知らしめる。望みがないとわかればイドリースは僕を解放してくれるかもしれない。

無視を貫こうと気合いの入っている僕に、イドリースはなぜかミシュラフの裾を持ち上げ近付いた。寝台に腰を下ろし、ハンモックのようにたるませた布の中を見せる。

黒く蠢くものが見えた途端、僕はイドリースを無視するどころか凝視していた。

「ハル、これはカニスの子だ」

子犬が五匹もいる！

思わず緩みそうになった口元を引き締め、僕はイドリースを睨み付けた。

なんて狡い男なんだろう。こんなもので僕の気を引こうとするなんて。

目が開いたばかりなのだろう、おぼつかない動きで押しあいへしあいしている子犬達は確かにカニスの子らしく、黒かった。尻尾もぴんと立っている。そしてとてつもなく、かわいい。

同じ顔の子犬が甘えた声で鳴きながら五匹もつれている光景は、犬好きには最強の罠だ。

うう、触りたい。

でもいくら子犬が可愛いからって、流されてはいけない。不機嫌な顔をしていよう。そう思って僕はつんと顎を反らした。

そうしたらイドリースは、寝台に子犬を放した。

広い場所に下ろされた子犬はてんでんばらばらに好きな方向に行こうとする。そのうちの一匹がおぼつかない足取りで僕に近付いてきた。

寝間着の裾にじゃれてくる。

「～～～っ」

もう、無理！

僕の理性はあっさり崩壊した。

子犬を拾いあげ頬擦りする。

子犬は体温が高くて、短い毛の感触も柔らかい。きゅーんと鳴かれて手の中でじたばたされたらもうたまらない。

かわいい。

もう、どうしようもないくらい、かわいい。

思う存分子犬を撫でまくり、小さなピンクの舌で指先を舐めてもらって、ふと気がつき様子を窺うと、イドリースは思った通り僕達を眺めていた。

僕から少し離れた寝台の端に腰掛け、目を細めている。厳しい表情は和らぎ、何というか、愛しい、とか、優しい、とか、そういう形容詞が似合う笑みを浮かべている。

こんな顔も、するんだ。

なんとなく目を逸らせずに眺めていると、イドリースが怪訝そうに首を傾げた。目を合わせまいと決めていたのに見てしまったのに気づき、顔に血が昇る。

慌てて抱えた子犬たちの腹に顔を埋めると、イドリースが席を立つ気配がした。

「まだ熱があるのか」

「……え？」

「何か飲み物を持って来よう」

ミシュラフを翻し、イドリースはさっさと部屋を出ていってしまった。

ふ、と肩の力が抜ける。

僕は仰向けに転がると、両頬を押さえた。

どうしよう、熱くなっている。

イドリースも僕の顔が赤いのに気が付いたから飲み物を、なんて言い出したんだ。

なんで僕、赤くなったんだろ。

痛い目に遭わされたのはつい数日前の事で、近づかれるといても立ってもいられない程に怖かったのに、今、僕にイドリースに対する拒否反応は存在しない。

「ほだされちゃったのかな、僕」

だとしたら、僕はどうしようもない馬鹿だ。馬鹿、だけど。

「ちゅーしてぎゅっとされたけど……我慢してくれたしな」

イドリースはもう、無体《むたい》な真似をしようとはしなかった。

それどころか子犬で機嫌を取って、僕が受け容れる気になるのを待っている。

「王子様のくせに、馬鹿みたい」

だっこしていた子犬がもぞもぞと身をよじる。頬や脇の下でもあたたかいものが動いている。子犬が僕の周りで遊んでいるのだ。

子犬の体温は心地よくて、あくびが出てきた。もっと遊びたいけれど、ちょっと、眠い。

いつの間にか僕は寝台に横たわったまま微睡《まどろ》んでいた。

髪をひっぱられるのを感じながら、僕はやわらかな寝具の上で寝返りを打つ。子犬の一匹を抱いたまま、本格的に目を閉じる。

すごく幸せな気分だったのに、眠りこんだ僕に訪れたのは、いつもの悪夢だった。


白い砂漠に僕はいた。

頭上には禍々しい程に青い空。はるか高みを舞う鳥の姿が小さく見える。

日差しは強く、酷く暑く、僕は朦朧としていた。

熱射病のせいだろう、痙攣《けいれん》がとまらない。

これ程死を身近に感じたのは初めてで、僕は脅えていた。

うずくまった僕の周りをアラブ人が取り囲み、何事か脅すような口調でまくし立てている。大きく重そうな銃を無造作に扱う仕草から、銃が彼らにとって非常に身近な存在であるのは明らかだった。

必要と判断すれば、彼らは発砲を躊躇《ため》わない。銃口をひょいと持ち上げ、引き金を引く。

現に十メートル程先で横転したワゴンが黒煙を上げていた。窓ガラスは粉々に砕け散り、ボディは血で汚れている。

誰かが大怪我をしたのだ。そして命に関わるほどの出血をした。

苛立たしげに囁く声が聞こえた。

——こいつらはテロリストだ。だが英雄なんかじゃない。身代金《みのしろきん》が欲しいだけのならずものだよ。

少し離れた場所で唾を飛ばして怒鳴り合っていた男が殴り合いを始める。いや殴り合いなんてものではない。丸腰の男が一方的に痛めつけられている。ウジの銃身が何度も何度も男の躯にめりこみ、白い砂の上に赤い花を咲かせた。

生々しい暴力の匂い。

赤と白のクーフィーヤをなびかせた男が駆けていく。黒々とした影が白い砂の上を踊り、痛めつけられ倒れた男に取りすがる。僕を取り囲んでいた男達の輪が崩れ、二人の男の周囲へと流れて行った。

また恐ろしい光景が目の前で繰り広げられるだろう事を察し、僕は弱々しく藻掻《もが》いた。

彼らを、助けたかった。

でも熱射病で壊れかけた躯は言う事を聞かない。僕は指で砂の表面を掻くばかり、起き上がる事すらできない。

また赤い花が咲く。

景色が滲む。胸が酷く苦しい。僕は何もできない。

この世界は――――残酷だ。

気がつくと、僕は蔦が絡まる鳥籠の天辺を見つめていた。景色は朧《おぼろ》にぼやけている。

褐色の指が伸びてきて、こめかみまで伝った涙をそっと拭ってくれた。

イドリースがすぐ傍に座って僕を見下ろしていた。膝の上で子犬が二匹寝入っている。

僕は記憶を反芻《はんすう》した。

今のはただの夢じゃなかった。

僕は確かに銃を持つ男達に攫《さら》われ、恐ろしい目に遭わされたのだ。

だから怖かった。砂漠にもクーフィーヤを身に付けた警備の男達にも足が竦んだ。

──僕はどうやってあの男達から逃れたのだろう？

「ハル、失った水分を補充した方がいい。これを飲め」

フルーツジュースのグラスが差し出される。僕はぎこちなく起きあがると、グラスを両手で受け取った。

冷たい。

グラスの表面が、うっすらと汗をかいている。その向こうでイドリースが眼帯の位置を直していた。酷い傷の痕が眼窩の方まで続いているのがちらりと見える。

逃げ出した僕を迎えに森の中から颯爽《さっそう》と現れたイドリースの姿が脳裏に浮かんだ。追ってきたイドリースも同じような服を着ていたのに、僕は怖れるどころか安堵を覚えた。悪夢を見た後は無意識に目でイドリースを捜したりもした。

もしかしたら、イドリースがあの男達から僕を助けてくれたんじゃないかな？

そう考えれば色んな事がすんなり納得できる。僕がここに居る理由も。こんなにも躯が衰弱していた理由も。

フルーツをそのままミキサーにかけて作ったような濃厚な味のジュースを一口含み、僕は目を上げた。

「イドリース。僕の躯はどうしてこんなにも弱っていたの？」

イドリースは唇を引き結んだまま答えてくれない。

「夢の中の僕は、明らかに熱射病になっていた……」

適切な処置がなされないと熱射病は重篤《じゅうとく》な結果を引き起こす。たとえば脳や心臓、じん臓の障害。

「躯がうまく動かないのは、もしかして僕の脳が損傷しているから？　僕はずっとこのまま不自由な躯で生きていくしかないの？」

空調の風に観葉植物の葉が細かく震えている。

また泣きたくなり唇を歪ませると、イドリースが低い声で教えてくれた。

「脳に損傷などない。きちんとリハビリすれば躯は徐々に回復して元通りになる。それは俺が保証する。さあもう泣くな、ハル。おまえに泣かれると俺はどうしたらいいのかわからん」

傾き中身がこぼれそうになっていたジュースのコップが手の中から奪われる。

差し出された布で僕は顔を拭いた。

「ごめん……。僕、泣いてばかりいるね」

「恥じる必要はない。泣くのは心が弱っているからだ。癒《い》えればこんな事はなくなる」

「――何から、癒えれば？」

鳥籠で目覚めた当初から、僕は妙に泣き虫だった。アラブ人に攫われた事がトラウマになっているのだろうか。

「僕の心が弱ってしまうような、何があったの？」

眠っている子犬が身じろぎする。

イドリースはそれ以上の事は教えてはくれなかった。

二

その水はどこまでも澄んでいた。

赤茶けた砂をかき乱し、魚がゆったりと泳いでいく。

「きれいな泉だね」

足元には浅い泉が広がっていた。木漏れ日を浴びた水面がきらきら輝いている。木々の向こうには壮麗な宮殿がそびえ立っているのが見えた。

赤道直下の強い陽射しに燦然《さんぜん》と輝く偉容が、千夜一夜の世界を彷彿《ほうふつ》とさせる。

「あそこが、ザハラムの王宮？」

「そうだ」

僕の隣に立ったイドリースも顎を反らし王宮を見上げる。

鋭いまなざしを王宮に据えた男の横顔は凛々《りり》しく、完璧だった。堂々たる体躯も、立ち居振る舞いも眩しいばかりだ。

四阿での食事の後、僕はイドリースに散策に誘われた。曲がりくねった小道を進み辿り着いた先がこの泉だった。

僕はもうこの森が砂漠に囲まれている事を知っている。砂漠のただ中にしては豊かな森だと思っていたが、泉という水源をその懐に抱いていたかららしい。

ここは、オアシスなのだ。

「泉に入ってもいい？」

「ああ」

イドリースの了承を得ると、僕はいそいそと水際に近付いた。

立ったままマダース《サンダル》を脱ごうとしたものの、ふらついてしまう。筋力が落ちてしまったせいで、片足立ちが難しいのだ。服が土で汚れるけど、直接地面に座って脱ごうかと思った所でイドリースが僕の前に膝を突いた。身を屈め、留め金を外してくれる。

僕はそわそわとトウブの裾を握りしめた。

一国の王子様ともあろうお方に何をさせているんだろう、僕は。

「う、あ……ありがと」

礼を言うと、イドリースが目元を緩め微笑んだ。

あれ?と僕は首を傾げた。

心臓が、苦しい。

なんだか、どきどき、する。

今まで循環器系の異常はなかったのになと思いつつ、僕は急いでイドリースに背中を向けた。

「カニス、おいで」

「おん！」

嬉しげに吠えたドーベルマン・ピンシャーを従え、泉の中に踏み込む。

水は思ったほど冷たくなかった。歩く度細かい砂が舞い上がり、水底を隠す。

捕まえられやしないのにカニスが魚を追いかけ始めた。

「……わ！」

はしゃぐカニスがあげる水飛沫《みずしぶき》を避け、僕はトウブの裾を片手でたくし上げた。岸伝いに水の中を歩いてゆく。

泉は見事な大樹に囲まれていた。

大人ふたりでも抱えきれない程太い幹。泉の上に張り出した枝が気持ちの良い木陰を作り出している。木々の間を逃げていく小動物の気配も多い。

水中に張り出した根に掌を置いてみたら、小魚の群が陰から逃げて行った。

「外は砂漠なのに、ここにある樹は大きいんだね。樹齢どれくらいなの？」

「伝承では二千年を越えているそうだ」

イドリースは岸辺に立ち、遊ぶ僕達を眺めている。

「二千年！　すごいね。伝承ってなに？　この樹にまつわる物語でもあるの？」

イドリースの声が朗々と響いた。

「かつて渇きに苦しむ遊牧民《ベドウィン》の男が、天使の声を聞いた。導かれるまま杖で地を突くと水が湧き出てきた。その男がザハラムの王祖。湧き出た泉がこの泉。以来俺の先祖はこの水辺に居を定め、民を潤している」

「ザハラムの建国ってそんなに古いんだ」

「分裂と統合を繰り返してきたから、今の国の形が整ったのはそう古い話ではないがな。その間ずっとこの泉はここにあった」

「二千年、かあ」

大樹の幹の表面はひび割れ苔《こけ》に覆われている。

水がなければ森はすぐ枯れ、砂に覆われる。この泉はこの大樹が生きていたのと同じ時間、涸《か》れる事なく生命を育み続けてきたのだ。

ここには、悠久の昔から続く歴史がある。

イドリースもその一部だった。

王位を継ぐ事を望まれている、ザハラム国の第四王子。

なんだか急に息苦しさを覚え、僕は張り出した大樹の根に腰を下ろした。濡れないようトウブを膝上までたくしあげる。戯《たわむ》れに水を蹴ると、跳ね上がった水の粒が宝石のようにきらめいた。

イドリースの視線を感じる。

鋭い――そして熱っぽい視線が、僕の動作の一々を追っている。何かを請い求めているかのようなイドリースの視線の意味を、僕はもう知っていた。

〝好き〟

この王子様は、僕に恋をしている。

一体どうしてなのか、記憶を失った僕にはわからない。わかっているのはイドリースが本気だという事だけだ。

その証拠にイドリースは何も覚えていない僕にまるで召使いのようにかしずき面倒を見てくれている。

髪を洗ったり、給仕をしたり。

王子様なのにそんな事までするなんて、一体どれだけ僕を好きなんだろう。考えると空恐ろしい。

「ハル」

振り向くとイドリースが木の幹に手を突き、身を乗り出していた。差し出された拳の下に手を広げると、焼き菓子が落とされる。おやつだろうかと一つ摘んで眺めていると、何かが樹上から落っこちてきた。

「わ！」

僕はびっくりして腰を抜かしそうになった。

落ちてきたのは小さなリスだ。僕の躯伝いに走って焼き菓子に飛びつき、手首に乗ったまま菓子を囓《かじ》り始める。

「イドリー、ス？　なに、これ」

まだばくばく鳴っている胸を押さえ、僕はイドリースを振り返った。

「知らん。子供達が餌付《えづ》けしている獣だ。ハルはこういうのが好きだろう？」

「う、うん……」

好きだけれど、驚いた。

一言先に教えてくれればよかったのにと思いつつ、僕も焼き菓子を一つ食べてみる。香ばしいが味がない。ちゃんと小動物用に用意されたものらしい。

リスはつぶらな瞳をくるくる動かし、夢中になって菓子を食べている。片手で掴めそうな小さなリスではあるが、僕の腕はそのささやかな重みにすら耐えられなかった。宙に浮かせていられず、リスの乗った手をそろそろと膝の上に下ろす。開いている方の手でリスの躯を包み込むようにして押す。

手首ではなく膝の上に移動してもらおうと思っただけなのに、捕える気かと思ったらしい。リスが焼き菓子を落とした。

「痛……っ！」

いきなり噛まれ小さな悲鳴をあげた次の瞬間にはもう、リスは僕の腕を駆け上がり背後に飛んでいた。

大樹の幹に飛び移り、人の手の届かない場所へ逃れようとする。

だがイドリースが野生動物に劣らない素早さで手を伸ばし、宙を飛ぶリスの腹を鷲掴みにしていた。

リスは犬のように吠え、逃れようと暴れたが、イドリースは歯牙《しが》にもかけない。片手で握りつぶせそうな程小さな動物を無表情に見つめている。

そのまなざしに、僕は背筋が寒くなるのを覚えた。

イドリースは怒っていた。この小動物に、本気で。

「イドリース、放してあげて」

怖くなって頼んでみるが、イドリースはリスを放そうとしない。黒い瞳がリスから僕へと向けられる。強いまなざしに圧倒されつつも、僕は掌を示し微笑んでみせた。

「ほら、僕、大した怪我してないよ。大丈夫だから放してあげて」

イドリースが目を閉じる。ひとつ大きく息を吐いてから、手を放す。

リスは石のようにぽとりと落ちていったが、地面に着いた途端弾かれたように走り出した。木の幹を登り、あっという間に見えなくなる。

僕は小さく息を吐き出した。

でもイドリースはまだ不穏な空気を纏っている。

「噛まれた場所を見せろ」

命じられ、僕は素直に手を伸べた。イドリースは手首を掴み、噛まれた場所を子細に眺める。

噛まれたのは親指の付け根で、上下に一対の痕が残っていた。少し血が滲んでいる。

「すまなかった」

ぽつりと零された言葉に僕ははっとした。

「イドリースのせいじゃないよ」

「俺が、うかつだった」

更に手を引かれ、僕は目を見開いた。

イドリースが傷口を吸っていた。ぬるりと濡れた粘膜が動くのを感じる。

舌先で傷を探られた瞬間、背中が粟立った。

下腹が、疼く。

とっさに握られていた手を引き抜き、僕はイドリースに背を向けた。じゃぶじゃぶと数歩離れ、両手を握り込む。

心臓が、壊れてしまいそうだった。

でもこれは病気なんかじゃない。イドリースのせいだ。

イドリースが僕の手なんか舐めるから——ううん、違う、僕がイドリースを意識しているから。

ぶるっと身震いし、頭に籠もった熱を逃がそうとして——僕は凍り付いた。

見知らぬ男達が向こう岸にいた。

僕を、見ている。

アラブ人らしい服装と褐色の肌、濃い髭に、僕の中に巣くう恐怖が呼び起こされ、視界の端で黒い影が蠢き始めた。

「————」

男達が何か言っているのが聞こえたが、アラビア語は僕には理解できない。

痩せた男が泉の畔《ほとり》に沿って伸びる小道を辿り近付いて来る。従者か護衛といった所らしい、他の男達もぞろぞろ後をついてくる。

怒っている様子もないし、武器も持っていないようだったが、そんな事は僕にはなんの意味もなかった。

怖い。

浅い水の中、僕は無意識に後退る。

だが何歩も行かないうちに堅い木の根に足を取られ、僕は派手に尻餅をついてしまった。

砂が舞い上がり、水が濁る。乾いた血の色に似た赤茶に染まる。

だが水音は、聞こえなかった。

まるであの悪夢の中にいるかのように、何の音も聞こえない。躯も動かない。

近付いてくるアラブ人達を僕は瞬きもせず見つめる。

イドリースに話しかけていた痩せた男がふと僕に目を留め、眉をひそめた。何かを命じられた従者らしい男が傍を離れ、泉の中に踏み込んでくる。ばしゃばしゃと水を蹴立て近付いてくる男を、僕は喘ぎながらただ見つめた。

男は大柄で逞しかった。顔中を覆う髭がまるで野獣のようだ。

——今度こそ僕も——れるんだろうか？

僕の脅えを感じ取ったのか、カニスが僕の前に回りこみ吠えたが、男は意にも介さない。無造作《むぞうさ》に手を伸ばし、僕を捕まえようとする。

いやだ。

あまりの恐怖に気が遠くなり、視界が黒い影で覆い尽くされた。

ふっと意識が途切れそうになった瞬間、誰かが男の手を叩き落とした。

「ハル！　しっかりしろ！」

乱暴に肩を掴まれ、躯の向きを変えさせられる。

イドリースが、いた。

「大丈夫だ。何も心配いらない。あの男はおまえを助け起こそうとしただけだ。おまえを害そうとする者はここにはいない。わかるか、ハル。ここは安全なんだ」

低い落ち着いた声が徐々に僕の中に染みてくる。僕は震える手を伸ばしイドリースのトウブを掴んだ。ひゅっと音を立て、息を吸い込む。いつの間にか僕は呼吸をする事すら忘れていた。

「イ……イ、イドリース……っ」

「さあもう大丈夫だ。立てるな」

言われるまま立とうとしたけれど、僕の足は萎えてしまっていた。へたりこんだまま動けない僕の脇に手を差し入れ、イドリースが軽々と持ち上げる。まっすぐに立たされ、手を離されると、僕は再び座り込む事なく立つことができた。

イドリースが男達へと向き直り、耳慣れない言葉を発する。

「――――」

痩身《そうしん》の男が話した言葉と同じリズムだ。怖くて振り返る事もできない僕の肩越しに、不可解な会話が交わされる。

――何を話しているんだろう。

「イドリース？」

「静かに」

一言だけ英語を挟み、イドリースは尚も僕にはわからない会話を続けた。背後に確かにいる男達の気配に、躯がざわざわする。

早くここから離れたい。

帰ろうと、僕は唇だけで訴えてみる。だがイドリースは僕を見ない。

仕方なく僕はイドリースのトウブを握り締め、待てと命じられた犬のようにイドリースの顔を一心に見つめ待った。

やがて僕は厭な事に気がついた。

以前警備の者達と遭遇した時と、イドリースの態度が違う。

あの時イドリースは、居丈高に命令し男達を散らした。だが今イドリースが紡ぐ言葉は柔らかい。この人達はイドリースの使用人なんかではないのだ。イドリースと同等か、あるいはもっと立場が上の人。イドリースには追い払う事ができない相手。

——いつまで待ち続ければいいんだろう。

躯が酷く重い。空は異様に禍々しい青に変色し、見つめていると目が潰れてしまいそうだ。

強いめまいに立っていられないと思った時、不意に声をかけられ僕は視線を揺らした。

「ハル、行くぞ」

僕はぼうっとイドリースの顔を見つめ返した。言われた意味がなかなか頭の中に入って来ない。

背後の男達が動き出す気配にようやく話が終わったのだと気付き、僕は緊張を緩めた。

イドリースの手が僕の手に重なる。穏やかに、でも容赦なくトウブを掴んでいた手が引き剥がされ、僕はイドリースの顔を見上げた。

「な、なんで……?」

急にひどく心許ない気分になり手を伸ばすが、イドリースは僕の手から逃れようとするかのようにさっさと岸へと上がっていってしまう。

「ハル」

砂地に放置されていたマダースを拾い、動こうとしない僕を振り返ったイドリースの声は、硬かった。

「くうん」

カニスが心配そうに僕を見上げる。

いつまでも水に浸かっていても仕方がない。僕はとぼとぼと水から上がった。

濡れたトウブが腹からくるぶしまでぴったりと肌に張り付いて気持ちが悪い。重いミシュラフの裾を絞っていると、目の前にマダースが差し出された。自分で履けということらしい。

僕は唇を噛んだ。

ばか。マダースなんて自分で履くのが当たり前なのに、なんでショックを受けているんだ、僕は。またイドリースに履かせてもらうつもりだったのか？

大きく深呼吸をして気分を落ち着かせてから、不器用にマダースに足を入れる。立ったままではやはりきちんと履けなくて、しゃがみ込んで踵《かかと》を押し込む。

支度ができたのを見て取ると、イドリースはさっさと先に歩き出した。

いつもだったら体力のない僕に合わせてくれるのに、今日はやけに歩調が早い。置いて行かれないよう、僕は必死に広い背中を追いかける。

森の中を抜ける小道は決して平坦ではなく、あちこちに木の根が張り出したり土がえぐれたりしていた。イドリースを追うのに必死になるあまり足元が疎《おろそ》かになり、僕はそのうちの一つに足を掬われてしまった。

「……っ！」

一瞬の浮遊感の後、躯が地面にしたたかに打ち付けられる。

あまりの衝撃に、声も出なかった。僕は歯を食いしばり、苦痛をこらえた。

小さく喘ぎながら頭だけを上げ、イドリースの姿を探す。

僕に気付かずにイドリースが行ってしまったら困る。この森でひとり迷子になって、そしてまたさっきのアラブ人と遭遇したりしたら——。

僕はぶるりと身震いした。

だがそんな心配はいらなかった。僕が転んだのに気付いたイドリースが、大急ぎで戻ってきてくれるのが見えた。

膝を突き、心配そうに僕の顔を覗き込む。

「――大丈夫か？」

濡れていたトウブは土色に染まっていた。膝の辺りは破れ、血の色が滲んでいる。とっさに突いた掌も擦り傷ができてしまったのだろう、ひりひり痛んだ。

「だいじょう、ぶ」

のろのろと身を起こそうとすると、イドリースがまた僕の躯を持ち上げ立たせてくれた。無意識にミシュラフの裾を掴もうと手を伸ばすと、また一歩下がって距離を置かれる。

僕は掌に爪を立て、堪えた。

イドリースはあくまで僕には触れられたくないらしい。

宙に浮いていた手を、僕はだらんと躯の脇に垂らした。

「歩けるか？」

離れてしまったぬくもりが恋しくてならなかったけれど、僕は子供じゃない。甘える訳にはいかない。

「ん。平気」

痛む膝を庇いながらひょこひょこ歩き始めると、イドリースはまた黙って背中を向けた。

今度は早足ではなく、ゆっくりとしたペースだった。

鳥籠の部屋に着くと、イドリースは鍵を開け、僕を先に通した。短い階段を上っていると、内側から鍵をかける音が聞こえた。

珍しいなとぼんやり思う。

内側からも鍵をかけるなんて、誰かが入ってきてしまうのを警戒しているみたいだ。

部屋の中央まで来ると、僕は立ち止まった。躯が痛いし横になりたいけれど、トウブはずぶぬれの上酷く汚れている。このまま寝台に上がる訳にはいかない。

足早に鳥籠に入ってきたイドリースが僕を追い抜き、キャビネットからタオルと新しい寝間着を取り出し寝台の上に置いた。

「ハル、これに着替えろ。風邪を引かないよう、躯もよく拭くんだ。戻ってきたらバスタブに湯を張ってやる」

僕は驚いてイドリースを見上げた。

「……どこか、行くの?」

置いて行かれるのが不安だった。イドリースに一緒に居て欲しい。それどころか以前してくれたみたいに、抱き締めて欲しいとまで僕は思っていた。

だがイドリースは苦しげに視線を逸らした。

「俺は行かねばならない」

すうっと胸の奥が冷えた。

きっとさっきのアラブ人達だ。一番偉そうだった痩身の男、あの男がイドリースを呼びつけたのに違いない。

もちろん、僕にイドリースを止める権利などない。僕はただの記憶喪失の日本人だし、イドリースはこの国の王子様だ。僕より優先すべき事がたくさんあるに決まっている。いつまでも僕にかまけていられる訳がない。

「あのひとたち、何者？」

イドリースは一旦口を開きかけたが、また閉じてしまった。唇を舐め、聞いたのとは違う事を教えてくれる。

「何も心配はいらない。彼らはハルにとって危険な存在ではない。カニスがハルと一緒にいる。子犬たちもいる。大丈夫だな？」

大丈夫だな、だって？

「うん。大丈夫」

つるりと言葉が滑り出た。反射的に零れた言葉の空々しさにイドリースも気付く。

「ハル――」

「なに？」

僕は空疎《くうそ》な笑みを浮かべた。イドリースの眉間の皺が深くなる。小骨が刺さったような顔をしつつも時間がなかったのだろう、イドリースは追求するのをやめた。

「――いや、何でもない。ゆっくり休め、ハル」

そうしてイドリースは行ってしまった。僕は溜息をつき、汚れた服を脱いだ。

肘と膝に大きな青痣《あおあざ》ができていた。両掌と片膝には思った通り擦り傷ができている。痛々しい肉色に、僕は顔を歪めた。

タオルを濡らして、躯を拭く。傷がずきずきと痛んだが、僕は唇を引き結び、手早く作業を進めた。

泉に浸かった上転んで泥まみれになった躯は土臭く、タオルで拭いたくらいでは臭いが取れない。イドリースを待って温かい湯に浸かった方がいいと思いつつも我慢ができず、僕は花の浮かんだバスタブに足を入れた。立ったままシャワーのコックを捻る。

迸《ほとばし》った水は冷たく、僕は震えながら躯を洗った。

バスタブから溢れた水と一緒に血のように赤い花が流れていく。

一二

「やあ、こんにちはハル」

中途半端な時間に開かれた扉の向こうには、髭面の男がいた。

「ハサン!?」

「うむ。元気かな？」

イドリースに借りたのだろう、鍵を内側からきちんとかけ、鳥籠の中へと上がってくる。

僕はちょうどカニスをシャンプーし終えた所だった。

それまでずっとおとなしくしていたのに、カニスはハサンが近付くと僕が止めるのも聞かずバスタブと鉄の格子の隙間へともぐりこんでしまった。どうやらハサンが嫌いらしい。

前回の『診察』の記憶も新しい僕も逃げたい気分だ。

「あの、こんにちは。僕、もう元気です。熱も下がったし、どこにも怪我なんて負っていません」

膝と手にはまだ擦り傷が残っているけれど、こんなのは怪我のうちに入らない。そう勝手に決めつけ僕はハサンを追い返そうとする。

「いやはや、私のような心優しい名医を警戒するとは嘆かわしい。別にまた尻を見せろと言うつもりはないぞ。新しく怪我をしているなら別だがね」

「怪我なんかしていません」

「おやではイドリースはちゃんと我慢をしている訳だ。偉い偉い」

ハサンは笑いながら僕の寝台に腰をかけた。バスタブの脇に立ったまま、僕はおずおずと伺いを立てる。

「あの、何の用ですか」

「実はまたイドリースに無理難題を押しつけられてね。本当はこういうのは私の専門ではないんだが、イドリースがどうしてもこの部屋に他の人間を入れたくないと言うから仕方がない。協力してくれないか、ハル」

「何を、ですか」

「君、知らない人に脅えるそうだね」

バスタブの縁をゆっくり流れ落ちていく白い泡が、どうしてだか砂漠の砂に見えた。

「それが今日の用件ですか？」

「イドリースは君をとても心配していたぞ。自分ではうまくハルの話を聞いてやれないから助けてやってくれと頼まれた。自分は口下手だし顔も怖いから、慰めてやろうとしてもハルを脅えさせてしまうんだそうだ。いやはやハル、君は一体、どれだけ私を笑わせれば気が済むんだい？　あの偉そうな男がこんな殊勝《しゅしょう》な事を言うようになるとは！」

大声で笑うハサンを僕は憤然《ふんぜん》と睨み付けた。

ハサンの言い様は失礼だ。イドリースはハサンを信用しているからこそ相談を持ちかけたんだろうに、笑い飛ばすなんて。

「別にあなたの助けなんか要りません。原因は分かっています。僕が怖いのは知らない人じゃなくて、クーフィーヤやミシュラフを身につけたアラブ人。以前そういう格好の人に酷い目に遭わされた事があるから似た格好の人を見ると思い出してしまうんです。多分、トラウマっていうヤツです。――ハサン、この間イドリースと泉を散歩していたらまさにそういうアラブ人とぶつかったんですけど、彼らは何者なんですか？　痩せた人が大勢取り巻きを引き連れてました」

「自分の目で見てもいないのに、誰だかなんてわからんよ。痩せた男なんてこの世には山ほどいるからな。それよりハル、君、記憶が戻ったのかね？」

ハサンの表情が真剣なものに切り替わった。

「戻ってはいないけれど、悪夢を見ます」

「アラブ人の悪夢か」

「ええ」

太い指が顎髭をいじりはじめる。

「それはただの夢じゃないのか？」

「ただの夢かそうでないか位、自分でわかります。多分僕を脅かしたのはアラブ人のテロリストだと思うんですけど、ハサンは知りませんか？　以前僕に一体何があったのか」

僕は外国人だ。この国にそう多くの日本人がいるとは思えない。誘拐《ゆうかい》されたら大きく報道されるだろうし注目も集まるだろう。ハサンが新聞やテレビのニュースで僕の写真を目にした事があってもおかしくない。

だがハサンは首を振った。

「悪いがハル、この国では外国人を狙ったテロリストが国境を越えてくるのはよくある事なんだ。なにせ国境線には砂漠があるだけ、鉄条網《てつじょうもう》さえ設置されていないんだからね」

「でも、国際問題に発展する大事件じゃないですか！」

「勇敢《ゆうかん》な彼らに賛同する者はこの国では少なくないんだよ。他国ではテロ根絶《こんぜつ》の名の下に幼い子供までもが虐殺《ぎゃくさつ》されているんだからな。彼らは何の罪もないのに殺されていった同胞達の報復をしてくれている英雄とみなされている。政府内にも彼らを肯定する者がいるくらいだ」

僕は息を呑んだ。

「あなたもテロを正義だと思っているんですか？」

「いいや。だがこれがこの国の現状だ」

信じられない。

あまりにも異質な考え方に息苦しさを感じ、僕は胸元を押さえた。

「ザハラムは、テロ支援国家なんですね？」

「いいや、そんな事はない。ただ我々は日常的に西欧諸国の侵略を受けている。経済的侵略、文化的侵略。俺のような頭の固い男は素朴な生活に愛着を持っているが、若い連中の中には西洋風の生活に毒され伝統的価値観を捨て去ろうとしている者も多い。この風潮を嘆かわしく思っている者は当然いる。ベドウィンは激減した。最近じゃらくだの乳さえなかなか手に入らない。日本も確か似たような歴史を辿ってきたんじゃないか？　サムライはもういなくなってしまったんだろう？」

「それとこれとは関係が――」

「同じ話だと思うがね。君たちにとってはもう終わってしまった話だが、我々にとっては現在進行形で進んでいるというだけだ」

どう考えればいいのか、僕にはよくわからなかった。

ハサンの言う事は間違っていないのかもしれないが、僕には容易に受け容れられない考え方だ。

それに今僕が知りたいのは、そういう事じゃない。

「ハサン、僕をテロリストから助けてくれたのはイドリースだと思うんです」

まだ、あやふやな直感でしかないが、多分これは間違いない。

「――ほう」

「イドリースにとっては有利な記憶ですよね、これって。でも記憶なんてなくてもいいってイドリースは言う。どうしてなのかがとても気になるんです」

「ふむ。だがまだちゃんと思い出した訳ではないのだろう？　その記憶自体が間違いなのかもしれないぞ」

「――そんな事、ないと思うけど」

そう言われると自信がなくなる。

ハサンの声が高い天井を漂う。

「あまり深く考えるな。記憶喪失の原因は大きくわけてふたつある。脳の損傷によるものと、……心因性《しんいんせい》のものだ。君のは心因性である可能性が高い。だとしたら、急ぐのはよくない」

「どうしてそんな事がわかるんですか」

「そりゃ私が名医だからだよ」

専門ではないとさっき言ったばかりなのにと僕は呆れた。

「いつまでも籠の鳥でいるのはイヤです」

「あれからイドリースは君に不埒《ふらち》な真似をしたかね？」

僕は少し迷った。

イドリースは、我慢してくれている。

「してませんけど、でも」

「ならここにいなさい。王族ならば、この部屋の意味を知っている。君という存在に興味を抱いている者もいる。まだ君がこの部屋にいるのだとは知られていないようだが、うかつに外に出れば、イドリースを危険に晒す事になる」

――ちょっと、待って。

「僕の存在は他の人にも知られていたんですか？」

誰も知らないのかと思っていた。僕がここにいる事は、イドリースとハサンしか知らないのだと。

ハサンは肩を竦めた。

「ああ、うん、そうだ。怪我をして運び込まれた時は大変な騒ぎだったからな」

「怪我？」

「私はただの町医者だから詳しくは知らないが、そう聞いている」

僕は格子にもたれかかった。

ますます訳が分からなくなってきてしまった。僕はどこにも怪我なんてしていない。

一体どういう経緯で僕はここに運び込まれたんだろう。

「まあ、あんまりイドリースを嫌ってくれるな。君が意識を失っている間、イドリースはほとんどつきっきりで君の面倒を見ていたんだぞ。あの男は本当に君を大事に思っている」

自分勝手に頷くと、ハサンは立ち上がって、大きく伸びをした。

「今日の所はこれまでだな。アラブ人を怖がっている事はイドリースに伝えておいてやろう。なに、心配はいらない。あの男は喜んで君の騎士になって、我々アラブ人を追っ払ってくれるさ」

「騎士って——僕は姫君なんかじゃないんですけど」

「いいや、姫君だ。イドリースにとっては命よりも大事な、な」

ハサンがすたすたと鳥籠を降りていく。僕も見送ろうと扉の前まで付いていった。

ポケットから取り出された鍵が鍵穴に差し込まれる。小さな音と共に開いた扉を抜けると、ハサンは僕を振り返った。

「さよなら、ハル」

さよなら、ハサンと、返す事はできなかった。僕はハサンの向こうに見えたものに釘付けになっていた。

中庭の奥に人影がある。痩身の男とその取り巻き達だ。呪文のような言葉を交わしながら、森の中からこちらへと近付いてくる。

なぜ彼らがこんな所にいるんだろう。ここはイドリースの領域《テリトリー》なのに。

硬直した僕の前で両開きの扉が閉まっていく。狭まっていく景色の中、男の一人が僕を見たような気がした。

息を飲んだ、次の瞬間扉が完全に閉まり、外から鍵をかける金属音が響く。ハサンが僕を閉じ込めたのだ。そしてあの男達も入って来られなくなった。

あの男たちは僕に気付いただろうか。

視界がゆらりと歪み、僕は扉に両手を突いて躯を支えた。磨き込まれ、つやつやと輝くその表面に額を押しつける。

今までイドリースのそばにいれば安全だと漠然と信じていた。

でも、違う。

この家にいる限り、またあの男達と遭遇する可能性はある。

彼らがテロリストだとは思わないが、アラブ人達がいると、あるいは近くにいるかもしれないと思っただけで、頭がおかしくなりそうだった。

冷静に考えれば彼らは王宮に出入りするような立場の人間だ。王子であるイドリースの意に反し、僕を害するような真似をするとは思えない。

でも、どう自分に言い聞かせても無駄だった。

理屈ではないのだ。おばけを怖がる子供と同じ。何がどう怖いのか説明はできないけれど、とにかく怖い。

真っ黒なものが胸に広がっていく。

不意に鈍い音が聞こえ、僕はびくりと躯を揺らした。

振り返るとカニスが隠れ場所から出てきていた。びしょ濡れのまま、所々に泡までつけている。

僕は無言で扉を離れた。鳥籠の中へと駆け上がり、溺れる者のようにカニスの首にしがみつく。

一三

イドリースの熱っぽい視線を頬に感じる。

夕食を終え部屋に戻ってきた僕は、寝台のあちこちで寝入ってしまった子犬の回収にとりかかっていた。気持ちよさそうに眠りこけている子犬を一匹ずつ抱き上げ籠に戻す。子犬たちの無防備な寝相に誘われ、あふ、と生あくびを漏らすと、寝台が軋《きし》んだ。

「ハル……ハル」

近付いて来た顔に、思わず目を伏せる。

唇に唇が押し当てられる。閉じた唇の上を、舌がくすぐる。

でも僕の唇は引き結ばれたまま。ねだられても開いたりはしない。

腕の中の子犬が夢でも見たのかひくりと躯を動かす。

やがて諦めたのか、イドリースはこめかみや頬に唇を押しあて始めた。それでも僕はおとなしくしていたが、唇が首筋に降りてくるとイドリースの胸を押して制止した。

これ以上は、だめ。

イドリースは無理強いはしない。

苦しげな吐息をつきお終いにしてくれる。

「また――明日」

すっと身を引き、鳥籠から下りてゆく。

僕はさっきよりもきつく唇を引き結び、抱えていた子犬を籠に寝かせた。

たとえ僕が拒否しなくても愛撫はそう長く続かなかっただろう。キスしている時、低く唸るような音が聞こえた。イドリースが隠し持っている携帯のヴァイブレーションだ。

泉で痩身の男と会ってから、イドリースは急に忙しくなった。一日に三度食事を運ぶのは止めないけれど、食事が終わるとそそくさと帰ってしまう。

カニスがいるとはいえ一人でいるのは不安だった。イドリースにそばにいて欲しかった。でもそんなわがままは言えない。僕はイドリースにとって何者でもないからだ。イドリースの気持ちを受け入れない僕にはいかなる権利もない。

そのまま僕はうとうとしはじめたが、不意に身を強張らせ目を見開いた。

金属音が聞こえたような気はしたけれど、扉の鍵はきちんと閉まったのだろうか。

うまくかかってなかったら大変だ。あのアラブ人たちが入ってきてしまう。

急に心配でいてもたってもいられなくなり、僕は跳ね起きた。足早に鳥籠を降り、両開きの扉を数度揺すってみる。きちんと鍵がかかっている事を確認すると、なんだか足の力が抜け、僕はその場にしゃがみこんだ。

ちょうど目の高さに鍵穴があった。

両方から鍵を差し込むのだから、穴は向こうまで貫通している。

引き寄せられるように覗いてみると、中庭が見えた。廊下にライトがついているのだろう、淡い光に照らし出された四角い空間に、動くものは何もない。

どれだけそうしていたのだろう。無心に外を覗いていた僕はふと我に返った。

何をしているんだろう、僕は。

寝台に戻る為立ちあがろうとして、僕は動きを止めた。

扉の外から音が聞こえる。砂っぽい地面を踏みしめ複数の足音が近付いてくる。

瞬時に眠気が吹き飛んだ。

僕は息を詰め、鍵穴を覗き込んだ。

鍵穴の前を黒い影がすっと通り過ぎる。

この部屋の前の廊下を、誰かが横切っている。多分、あのアラブ人だ。あの痩身の男達が、僕の部屋の前を通り過ぎている。

影はひとつだけではなかった。

いくつもいくつも、次々に現れては消えていく。

男達の数が増えるにつれ、僕の呼吸は浅く、早くなっていった。

足音が遠ざかり消えても、僕は扉にしがみついていた。とても眠ったりなんかできそうになかった。この薄っぺらな扉一枚向こうまで、あのアラブ人達は近付いて来ているのだ。

一四

「ねえ、イドリース。ハサンから僕の話を聞いた？」

「ああ。もう心配しなくていい。彼らをハルに近づけたりしない」

「――ありがと」

嘘つき。

イドリースがいない時、僕は暇さえあれば扉に張り付き外を覗いた。大抵外は静まり返っていたが、時折あの男達を見かけた。

イドリースは僕が鍵穴を覗く事までは想定していないのだろう。僕を部屋に閉じ込めておけば平気だと思っている。

イドリースは全然わかっていない。

扉一枚向こうをアラブ人が闊歩《かっぽ》していると思うだけで僕は落ち着いていられない。ミシュラフとゴトラで身を固めた彼らを見る度、僕の指先は情けなくも震え出す。おかしくなりかけている自覚はあった。

僕が安心していられるのはイドリースと鳥籠の中にいる時だけ。でもイドリースは用が済むとすぐどこかへ行ってしまう。

鳥籠の中ひとり取り残された僕は、イドリースが部屋を出ていくとすぐ、鍵がきちんとかかっているか確かめるため鳥籠から降りる。一度確かめれば済む事なのに、何度も何度も繰り返し確認しに行く。何回確認しても安心できないのだ。

多分敷地内にもアラブ人を入れるななんて要求をしたらイドリースはびっくりするだろう。鍵穴を覗いていると知ったら、嫌な顔をするかもしれない。

考えてみればここはアラブ人の王宮なのだ。籠の鳥に過ぎない僕のためにアラブ人全てを締め出せなんて言えない。僕はここにいる限りアラブ人に悩まされ続ける。

もうこの屋敷にはいたくない。

色々助けてくれたイドリースには悪いけど。

――。

本当にイドリースは僕を助けてくれたんだろうか？

僕は虚ろな眼差しをタイルの床に据え、無意識に躯を揺すりながら考え込んだ。

そもそもどうして僕はイドリースの許《もと》で目覚めたんだろう。

友人だったからだと思っていたけれど、本当に友人だったのかという事からして定かではないし、そもそも僕は日本人みたいだから、事件に巻き込まれたりしたら日本に引き渡され保護されるのがあたりまえなのではないだろうか。

ハサンにも日本には知らせるなと言っていた。イドリースは多分、テロリストの手から逃れた僕を非合法に隠したのだ。

では、その前は？

そもそも僕はどうしてテロリストなんかに目をつけられたんだ？

――イドリース自身が僕を捕らえさせたのだという可能性も、考えられなくない？

イドリースは以前から僕を好きだったらしい。

ここに来る前何があったのか僕は覚えていないけれど、僕が陥った状況は、イドリースにとって願ってもないものだった。

躯は弱っている。記憶はない。なんでもイドリースの思うがままだ。

政府にもテロリストの賛同者はいるとハサンが言っていた。そしてイドリースは王子様だ。本物のテロリストを操って――あるいは偽物を仕立てて――芝居を打てるだけの力はある。

まさかとは思う。

イドリースは好きな人をそんな怖ろしい目に遭わせられる人ではない。

だがわざと暴漢に襲わせて正義の味方を演じるというのは、昔からよくある筋書きだ。

怖ろしい目に遭えば遭う程、保護してくれたイドリースへの感謝は深くなる。

王子であるイドリースが何をしても疑われる事はない。

テロリストに殺されたのだとみなされれば、捜査の手も伸びにくい。

イドリースは僕をこの鳥籠に隠せばいい。

結果はこの通り、脅えきった僕はイドリースに依存している。

「妄想かもね、これも」

また僕は馬鹿げた間違いをしているのかもしれない。

でもいずれにせよ僕はこの国から出て行かないと正気を保てそうにない。

僕は黒々とそびえ立つ鳥籠を見上げた。

苦しげな表情で俯くイドリースの姿がふっと脳裏に浮かんだが、僕は唇を噛みしめ幻を振り払った。

一五

四阿のテーブルには様々な料理が並んでいた。

強烈な真昼の陽射しの中を飛んできた赤い鳥が、いつものようにパン屑をねだる。だが食卓にかつてのような楽しい空気はなく、何ももらえなさそうだと察知した鳥はすぐに飛び去って行ってしまった。

心ここにあらずという顔で食べ物を口に運ぶ僕に、イドリースが料理を取り分けてくれる。

「ハル、大丈夫か」

僕は意味もなく笑みを浮かべた。

「うん、大丈夫」

その間も僕の目は忙しく動き、周囲を警戒している。

開放的で気に入っていた四阿での食事は、アラブ人達の出現以来、最も緊張する時間に変わってしまっていた。

四阿には壁がない。彼らがやってきても隠れようがない。

僕が何を気にしているのかわかるのだろう、イドリースは穏やかに諭す。

「ハル、ここには誰も来ない。俺がそう命じた。だから心配せず、食事を楽しめ」

「うん。ありがとう」

口ではそう言ったものの、僕は辺りを見回すのをやめなかった。

フルーツやスープなど喉越しの良い食べ物を少しずつ口に運ぶが、アラブ人達が気になるあまり料理の味すらわからない。……折角の食事が、全然おいしく感じられない。

用意された食事がやっと半分程に減った所で僕はカトラリーを置いた。過度の緊張とストレスに縮んだ胃がこれ以上食物を受け付けてくれそうになかった。

それを見たイドリースも溜息をつき食事を止める。

「……部屋に戻るぞ」

ゆっくり歩いて中庭へと抜ける。

眩しい程に明るい中庭から見た鳥籠の部屋は薄暗く、牢獄のように見えた。

イドリースは僕を寝間着に着替えさせると、横になるよう命じた。

子犬を抱え寝台に入ると、額にくちづけられる。

「きちんと食べねばだめだ。顔色が悪い」

「……うん」

「まだ躯が本調子ではないのだ。こんな不摂生《ふせっせい》を続けていたら壊れてしまう。ハル――」

思い詰めた声音で名前を呼ばれ、僕は目を上げた。イドリースが長身を折り曲げ僕の顔を覗き込んでいた。苦しげなまなざしが僕を貫く。

「俺は、どうしたらいい。何をすればおまえは楽になる」

僕をアラブ人がいない所に解放してくれれば。

喉元まで出てきた言葉を僕は呑み込んだ。逃げたがっている事は知られない方がいい。

代わりにまた空々しい笑みを浮かべる。

「僕は大丈夫。心配しないで」

イドリースの眉間に深い皺が寄った。

イドリースはしばらく僕を見つめていたが、時計を確認すると、衣類を抱えて立ちあがった。僕を置いて行ってしまう。

イドリースが扉に鍵をかけ行ってしまうと僕は袖の中を探り、隠し持っていた串焼きの串を取り出した。寝台を下り、扉の外に誰もいない事を確認してから、串を鍵穴に挿し込む。

サンドイッチに刺さっていたピックではだめだった。

でも今度はプラスチックではない、金属だ。簡単に折れたりしないし、曲げれば角度も変えられる。モザイクが傷つくのも構わず床で串の先端を少し曲げては鍵穴に挿し、動かしてみる。

古い構造だったのが幸いしたのだろう、一時間ほど続けた後、重い手応えと共にシリンダーが回った。

僕は串を投げ出した。慎重に扉を開けてみる。外には誰もおらず、午後の陽光が燦々《さんさん》と中庭を照らしている。

まず、マダースを手に入れねばならなかった。熱い砂漠を裸足で逃げるのは無謀だ。

手当たり次第に近くの部屋を覗いて回り、三つ目の部屋でマダースが見つかった。室内に幾つも置かれた行李《こうり》のような箱には古着も入っていた。

僕は少し大きすぎるマダースを履き、行李から引っ張り出したアバヤを身に纏った。女性が纏うこの黒いマントは男性としては小柄な僕の躯を足首まで隠してくれる。スカーフで髪を覆いヴェールをすれば、見えるのは目だけだ。

これなら見つかるまいと、少し安心して部屋を出る。前回と同じように森に入り木立の間を進んで行くと、途中で頭の上に荷物を載せた女性達がやって来た。

茂みの間に隠れ見ていると、女性達は皆、僕と同じようにヴェールで顔を隠していた。これならうまく誤魔化《ごまか》せそうだと僕は少し自信を持つ。

女性の気配がなくなるのを待って反対方向に小道を辿ると、また森を取り囲む砂地へと抜けた。そこには以前発見したのとは違う通用門があり、小道の先は砂漠の中へと消えていた。

ここを通ったらまた警備の人達が来てしまうだろうか。

だがさっきの女性達はここを通ってきたようだし、今の僕は普通のアラブ人女性にしか見えない筈だ。

僕は勇気を奮《ふる》い起こし、森から踏み出した。

門に近づくと、ちょうど外側からひとりの女性が入ってくるところだった。頭の上に載せた大きな荷物を両手で支えている。僕は何食わぬ顔で、女性が通る間門を支えてやり、外に出た。

荷物を運び出した所だったのだろう、トラックが一台止まっていたが、人影はない。

警備の男達が追いかけてくる様子もない。

僕は砂漠の奥へと伸びる道を歩き出した。

少し歩くと細かった道はもう少し太い道に合流した。道はまっすぐ都市の方へと続いている。

舗装されていない道は凹凸《おうとつ》が多く、思いの外歩きにくい。

マダースのお陰で足の裏を火傷するのは免《まぬが》れたものの、とにかく暑くて、ただ歩いているだけで意識が朦朧としてきた。

見通しのいい道路には車の一台も走っていない。

もし都市に向かう車が来たら、乗せてくれるよう頼んでみようか。

そんな事を考えながら僕はヴェールをむしり取った。アバヤの前も開き風を通す。伸びすぎた髪が鬱陶しくてたまらない。

都市に着いたら、どこへ行こう。

知っている場所なんかないけれど僕は外国人だから、大使館を探して行けば保護してくれる筈だ。

イドリースの事は言わない。記憶喪失なのだとだけ言って、自分の身元を調べてもらう。

イドリースは、怒るだろうか。

僕は唇を噛んだ。

止まりそうになった足を叱咤し、前に進む。

怒られたって、どうしようもない。日本に落ち着いたら手紙を出そう。住所なんかわからないが、相手は王族だ。第四王子のイドリース様とでも書けば、きっと届く。

それから――。

少し、ぼんやりしていたようだった。

轟音《ごうおん》に我に返った時には粗末なトラックが横を通り過ぎて行った。

しまったと一瞬思い、それからいいんだと思い直す。トラックは王宮に向かっている。僕の目的地とは逆だから、関係ない。

気にせず先に進もうとしたが、どうしてだかトラックは急停車した。運転席の扉が開き、男が下りてくる。幌《ほろ》のかかった荷台からもぞろぞろと男達が下りてきた。全員が典型的なアラブ衣装を身に纏っている。

トラックから下り立った十人近い男達は皆、僕に向かって何か叫んでいた。こちらへと近付いてくる。

——白い砂漠のただ中、アラブ人達が迫ってくる——。

強烈な既視感に、ざあっと上腕に鳥肌が立った。厭な寒気が背筋を駆け上がり、膝の力が抜ける。

男達は何が気に入らないのか、顔を真っ赤にして怒っていた。明らかに僕を睨み付けている。

不意に強い風に煽られ、黒いアバヤが広がった。長い髪が視界を閉ざす。砂粒に肌を打たれ、僕は思わず片手で顔を庇った。

ふらふらと躯の向きを変える。恐怖に背中を押されるまま、逃げ出そうとする。

だが何歩も行かないうちに追いかけてきた男の一人に服を掴まれた。黒いマントが肩胛《けんこう》骨《こつ》の辺りにまでずり下がる。

肩で跳ねる長い髪を褐色の手で鷲掴みにされ、僕は引き戻された。

「痛っ」

髪が抜けてしまうのではないかと思う程の痛みに、僕は仰け反った。

「やめて……っやめてよっ！　僕が、何したって言うんだよ……っ！」

英語を解する者はいないようだ。男達は僕を取り囲み、口々にアラビア語を投げつけてくる。

年嵩《としかさ》の男が前に出てきて、いきなり僕の頬を叩いた。

「う……っ」

何の容赦もなく叩かれ、口の中に鉄錆の味が広がる。あまりの衝撃に目がちかちかする。膝が崩れかけたが、黒い腕が伸びてきて僕の躯を支えた。それからまた、頬を叩かれた。

僕は抵抗もしていないのに、ひっぱたかれ、小突かれた。

十人もいる男達は誰も蛮行《ばんこう》を止めようとしない。それどころか声を張り上げ僕を責め立てている。

視界の端で、影が、踊る。

目が、よく、見えない。

「どう、して——？」

どうして、殴るの？　どうして僕を放っておいてくれないの？　僕が一体何をしたって言うの？

僕は目を見開いた。頭上には青いばかりの空が広がっていたけれど、僕の目には見えなかった。

いつの間にか周囲は薄暗い洞窟《どうくつ》の中に変わっていた。

訳の分からない言葉を捲し立てる男がすぐそばに立っている。割れた瓶の欠片や食べ物のパッケージなどが散らかった地面には、汚らしい空き缶によそわれた豆料理が置かれていた。男が食べろと言っている事はすぐにわかったが、埃っぽい空気に混じったオイル——奴らが銃の手入れに使うのだ——の匂いのせいで気分が悪くて、何も食べられそうにない。それでも銃口をつきつけられ、僕はしぶしぶ缶を手に取った。

その時だった。

銃声が、聞こえた。

不意に支えを失い、僕は白い砂で覆われた路面に崩れ落ちた。

我に返って辺りを見回す。

男達はぽかんと口をあけ、同じ方向に顔を向けていた。王宮の方からジープが近付いてくる。クーフィーヤをなびかせたイドリースが助手席に立ち、銃を空に向けていた。

ふたつの像が重なって見えた。

ジープの中に立つイドリースと、入り口をカモフラージュしていた布を切り裂きテロリストたちの巣窟《そうくつ》を覗き込んでいるイドリースと。

ジープは僕たちの脇で止まった。イドリースが銃を手にしたまま車を降りてくる。イドリースの運転手が何事か言うと、僕に群がっていた男達は目を大きく見開き顔を見合わせた。

僕は男達には目もくれずイドリースだけを見つめていた。

銃声をきっかけに、記憶が奔流《ほんりゅう》のように蘇りつつあった。

あの時助けてくれたのもイドリースだった。銃を手に、僕が監禁されていた洞窟まで乗り込んできて解放してくれた。血と硝煙《しょうえん》の臭いまで覚えている。

あれは絶対にお芝居なんかじゃない。なぜなら――。

僕は片手で痛む頬を押さえた。

なぜなら、なに？

自分の中に答えがあるのを感じるのに思い出せなくてもどかしい。でもとにかく僕は知っている。

「ハル、おまえはまた勝手に――待て、どうした、その顔は」

イドリースが厳しい口調で男達に詰問し始める。僕は俯き、砂に落ちる自分の影を見つめた。

古いワゴンで街から街へと移動している最中だった。突然銃撃を受け、僕は車から降ろされた。銃をつきつけられ狼狽える僕の代わりに、同乗していた友人がアラビア語で交渉しようとしてくれた。

僕を解放してくれ、と。

この国では宗教や歴史上の人物にちなんだ名をつけるため、同名の者が溢れている。友人はふたりともムハンマドという名前だった。

片方のムハンマドは訛《なま》りはひどいものの英語を話せ、僕の通訳をしてくれていた。もう一人は運転手役と様々な雑用をしてくれていた。

ふたりとも気のいい男で、この国の風習に不案内な僕に色々教えてくれ、家族との食事に招いてくれたりもした。

アラビア語がわからない僕は、僕のために奮闘してくれている彼らをただ見ていた。

程なく僕の目の前で友人達は――。


「……あ……」

血が飛んだ。

イドリースが一人の男を殴り倒していた。僕を平手打ちした男だ。

「やめ、て。イドリース、やめて……っ！」

僕はイドリースのミシュラフを掴んだ。

男達がどうなろうと構わなかったが、暴力はあの時を思い起こさせる。

白い砂に零れた赤から僕は目を逸らした。

「イドリース……、頭が、痛い」

急激に蘇る記憶のせいで頭が破裂《はれつ》しそうだ。

「大丈夫か、ハル」

イドリースが慌てて僕に手を貸してくれる。

ジープに乗り込むと、ひんやりとした風が頬に当たった。待っている間に運転手がルーフを閉じて冷房を入れてくれていた。渡されたミネラルウォーターを貪るように飲み、ようやく人心地がつく。

運転手とアラビア語で何か話しているイドリースから目を逸らし、僕は砂漠を見つめた。


僕を攫った男達の目的は身代金だった。交渉がなかなかうまく運ばなかったらしく、僕はベドウィンのキャンプや山岳地帯の隠れ家を数日毎に移動させられた。

昼間は地獄の釜のように熱いのに夜は凍える程に寒くなる砂漠の気候も粗末な食事もつらかったが、最悪だったのは常に目隠しをさせられていた事だった。

目を塞がれた闇の中、僕は見えない影に脅え続けた。

見えないから誰がそばにいるのかいないのかすらもわからない。

すぐそばで誰かが息を殺して銃を、あるいはナイフを構えているような気がする。いつ何をされるかわからない恐怖に、満足に眠る事すらできない。

いつしか僕はこの終わりの見えない緊張感から解き放たれるなら死んでもいいと思うようになっていた。何もかも忘れて眠れたら、どんなに幸せだろう、と。

時々友人達の幻を見た。散々に打ち据えられ、顔立ちもわからなくなった友人達は何も言わず、ただそばに座っていた。

多分彼らは死んだのだ。

恐怖よりも申し訳なさが先に立ち、僕は彼らを直視できなかった。

僕は彼らが殴られている間、ただ砂漠に転がって見ていたのだ。

だから、

だから。

思い出したくなかったのかな、僕は。

「ハル、大丈夫か」

瞬くと、睫毛《まつげ》の先から涙の粒が落ちていった。

いつの間にか僕はまた泣いていた。涙は頬を伝い、顎まで濡らしている。

ずっと監禁されていたから、僕は閉じ込められる事に極端な不快感を覚えるようになってしまった。

目覚めてすぐ泣いてしまったのは、ほっとしたからだろう。イドリースがいれば大丈夫。その事を僕は心のどこかで知っていたのだ。でも記憶を失ったせいで僕は惑い、イドリースを疑った。

イドリースは黙って泣き続ける僕に困っているようだった。運転手の目を気にしつつ、クーフィーヤの端でそっと涙を拭いてくれる。

「傷が痛むのか」

ジープはいつの間にか大きな建物の前で止まっている。

多分、イドリースの屋敷の正面にあたるのだろう。建物の周囲は、見事な大樹に囲まれていた。

僕はぼうっとしたまま辺りを見回すと、イドリースの顔を見つめた。

「どうした」

記憶の中のイドリースは隻眼ではなかった。

イドリースの片目は二年前に失われたのだとハサンが言っていた。という事は、僕があの男達に攫われたのは、それより前なのだろう。

その後、鳥籠の部屋で目覚めるまでの二年以上の期間を、僕は一体どうしていたんだろう。

僕とイドリースが下りると、運転手はジープを走らせどこかに行ってしまった。

屋敷の中に入り人目がなくなった途端、イドリースは僕を抱き上げた。軽々と横抱きにされ、僕は思わずイドリースの服を掴む。

「あ……っ」

「じっとしていろ」

怒ったような声で釘を刺されるまでもなかった。酷暑の中を無理して歩いた上、男達に乱暴された僕の体力はもう限界だった。おとなしくイドリースの胸にもたれかかり、初めて見る屋敷の内部を眺める。

主の性格を反映しているのだろう、この屋敷には白いのっぺりとした壁が続くばかりで余計な装飾などひとつもない。

イドリースは風通しの良い廊下を奥へ奥へと歩いて行く。

途中で小さな中庭に面したホールのような場所にぶつかると、イドリースは僕を寝椅子に下ろした。

どこかに行こうとしているのに気が付き、僕は慌てる。

「イドリース！　どこへ行くの」

とっさにイドリースのミシュラフに両手を伸ばし、寝椅子から落ちそうになると、イドリースは呆れたように眉を上げた。

「落ち着け。必要なものを取ってくるだけだ。人払いを命じてある。心配しなくても誰も来ない」

迷いつつミシュラフを放すと、イドリースは小さく頷きホールを横切っていった。

僕は寝椅子の端に座ると、落ち着かない気分で周囲を見回した。

がらんとしたスペースには古く黒光りする寝椅子があるだけだ。床は砂っぽく、隅には白い砂が溜まっている。

森を囲む、白い、砂漠の砂。

さほど待つ事もなくイドリースが濡れた布を持って戻ってきた。僕の前に膝を突き、そっと殴られた頬を冷やす。

「痛むか？」

ひどく真剣な顔で聞かれ、反射的に大丈夫と言いそうになったけれど、やめた。頬は熱を持ち、拍動している。

「すごく痛い。あの人達、何者？」

イドリースは迷いなく答えた。

「王宮に出入りしている業者だ。毎日食料や酒を運んでくる」

「業者？　本当に？」

僕は眉間に皺を寄せた。

どうして業者が僕を襲ったんだろう。まるで理解できない。だがイドリースは何の不思議も感じていないようだ。

「何が不審だ」

逆に問われてしまう。

「どうして業者が僕を殴る訳？」

「アバヤのせいだ」

アバヤ？

……女性用の、黒いマントの事、だよね？　僕が着ていた。

「アバヤを着ていたせいでハルは女だと思われたのだ。ザハラムでは女性は胸と髪を隠さねばならない。未婚の女性ならヴェールで顔も隠し、目以外見せてはいけない。アバヤの前をはだけて歩くなんて、もってのほかだ。ハルはふしだらな格好で彼らを誘惑した。だから彼らはハルを罰したのだ」

なにそれ。

じゃあ僕は、アバヤをはだけていただけであんなに酷く責め立てられた訳？

納得がいかない。

「だからって殴る事はないと思う」

イドリースは聞き分けの悪い子供を見るような目を僕に向けた。

「ハル、我が国では去年、モスクにミニスカートで入ろうとした外国人女性が鞭打《むちう》ちの刑に処せられた。ここは敬虔《けいけん》なイスラム教徒の国だ。君たちの国とは違う。同じふるまいは許されない」

僕はあっけにとられた。

女性に、鞭打ち。それこそ国際問題になるんじゃないかと思われる蛮行である。そんな事が現代においても行われているなんて信じられない。

でもイドリースは嘘をついている風ではなかった。

本当、なのだ。

本当に、ここはそういう国なのだ。

不意に僕は身震いした。

同性愛者は死刑になるのだと、ハサンは言っていた。きっとあれも、本当だ。

「だから勝手に外に出るなと言ったのだ。どこへ行こうとしたのだ、ハル」

「あ……」

まずい。

おろおろと視線を泳がせる僕の様子を見て、イドリースが溜息をついた。

「そんなに俺といるのが厭か」

声にいつもの張りがない。

いつも覇気に満ちている男の弱った姿に、胸の奥がざわめく。僕は思わずイドリースの袖を引いた。

「あの、イドリース。僕、少しだけど、思い出したよ。何があったのか」

イドリースの表情が強張った。僕はトウブを握る手に力を込める。

「洞窟に閉じ込められていた僕をイドリースが助けに来てくれた。そうだよね」

「――ああ」

「ありがとう」

イドリースの右目が大きく見開かれた。何かを堪えるかのように、歯を食いしばる。

予想外の反応に、僕は首を傾げた。

「ええと、イドリース？」

「思い出した、のか」

「うん」

「――――ハル！」

不意に抱き竦められ、僕は息を飲んだ。

イドリースの呼吸が速い。激情を抑え込もうとしているかのように、何度も深呼吸を繰り返す。

「あの時は、すまなかった。すぐに助けられなくて、随分つらい思いをさせた」

低い、絞り出すような声に、僕は戸惑った。

「謝る事なんて何もないよ。イドリースが来てくれなかったら僕はきっと恐怖で壊れていた。本当に、すごく感謝している。――でも、思い出せたのはそこだけなんだ。イドリースの顔を見た後の事が思い出せない。あれから僕、どうしていたのかな」

ふっとイドリースの腕の力が緩んだ。のろのろと顔をあげ、僕を見つめる。

痛そうな色が隻眼に浮かんでいる。それで、わかった。

まだ、なにか、あるんだ。

思い出さねばならない、大事な事。

それは――なんだろう。

「イドリース？」

問うように名前を呼ぶと、イドリースは顔を歪めた。また息ができない程強く抱き竦められる。

苦しくて仰け反った瞬間、唇を塞がれた。すぐ目の前にイドリースの顔が見え、僕は慌てて目を閉じた。

唇を閉じるのを忘れていたせいで、するりと舌が入ってくる。優しく口の中を舐められて、僕はびっくりした。

甘い。

本当にそんな味がする訳じゃないけれど、甘い物を食べた時みたいな柔らかな気分になった。クリームみたいに溶けてしまいそうだ。

今までと何かが違う。こんなキス、初めてだ。

イドリースが離れても、僕はぼうっとしていた。身体中にじんわりとした熱が広がって、動けそうにない。

でも、不意に聞こえてきた険しい男の声に、僕たちは反射的に離れた。

「イドリース」

僕はおどおどと俯いてしまったけれど、イドリースは何事もなかったかのように平然としていた。

「ハサン、なぜここにいる」

「兄上が呼んでいる。すぐに行った方がいい」

いつも飄々《ひょうひょう》と笑んでいるハサンが、緊迫した表情を浮かべている。イドリースもハサンの言葉に表情を引き締めた。

「兄上が？」

「ハルは私が部屋まで送ろう。おやその顔はどうしたんだ？　殴られたのか？　顔以外に怪我は？」

唇の端を引き上げ微笑んで見せるが、ハサンの目は笑っていない。

戸惑いながらも僕は首を振った。

「ない、と思います」

「ハサン、ハルを頼む」

踵を返したイドリースの後を思わず追おうとした僕の腕をハサンが掴み乱暴に引き戻した。

「さあハル、行こう」

「あの……何がある訳？　イドリースは大丈夫？」

「さて、ね」

知っているのだろうに、ハサンは何も教えてくれない。鳥籠の部屋へと僕を追い立てる。

元通り鳥籠の鳥となった僕は今までと同じ、ただイドリースの帰りを待つ事しかできない。


その晩は随分遅い時刻になってからイドリースが夕食の盆を運んできた。最近は四阿で食べるのが恒例になっていたのに珍しいなと僕は思う。

「遅くなった。腹が減ったろう」

何か厭な事でもあったのか、纏う空気がぴりぴりしている。

盆には煮込み料理を始めたくさんの料理が載っていたが、どれも作ってから時間が経ち、表面が乾いていた。スープも冷めてしまっていて、おいしくない。

一緒に寝台に腰掛け食事を始めたイドリースがスプーンを置く。

「まずいな」

忌憚《きたん》のなさすぎる意見だ。

食べさせてもらっている立場の僕はそこまで正直になれない。ぱさぱさとしたパンに料理を挟み、少しずつ胃の中に送り込む。そうしながら僕は、鬱《ふさ》いでいるイドリースの横顔を見つめた。

ひどく疲れているようだ。目元に焦燥が滲んでいる。

兄上、とやらの用事は一体何だったんだろう。

詮索《せんさく》なんかしたくはないけれど、元気がない姿を見ているとどうしても気になる。もそもそと付け合わせの野菜を囓っていると、不意にイドリースが僕に顔を向けた。

「ハル」

「はい？」

「愛している」

突然の告白に、僕は芋を喉に詰まらせ咳き込んだ。あたふたしている僕に構わずイドリースは気恥ずかしくなるような言葉を連《つら》ねてゆく。

「ハルが記憶を失う以前から惹《ひ》かれていた。我慢しようと思っていたが、ハルを見ているうちに気持ちを抑えられなくなった。今更ハルの愛を請える立場ではないが、頼む、ハル。俺の気持ちを受け容れてくれないか」

イドリースはいつもと同じ、真面目《まじめ》くさった顔をしている。この男が本気で言っているのは間違いない。

どう返答すればいいのか決めかね、僕は盆の上に散った芋を拾った。

言うべき言葉はわかっている。『ごめんなさい』だ。なのになぜか言葉が出てこない。

なかなか返事をしない僕に焦れたのか、向かいに座っていたイドリースが背筋を伸ばし立ちあがった。僕のすぐ横に席を移す。

ぎょっとして身を引くと、その分イドリースが身を乗り出してきた。

顔が近い。

「ハル、好きだ」

低い艶のある声でささやかれ、かーっと顔が熱くなった。

告白しているのはイドリースなのに、なんだかすごく恥ずかしい。

ずるずると逃げる背中が端にぶつかって止まる。逃げ場をなくした僕の躯を挟むように、イドリースが手を突いた。大きな躯が視界を塞ぐ。

近付いてくる顔に思わずぎゅっと目を閉じると、額に唇がおしあてられた。

ただ唇が触れているだけなのに、そこだけじんと熱くなる。

「ハル……ハル」

唇がすっと肌の上を滑り、耳たぶを挟む。軽くねぶられ、ぞくっとした。耳の下を舌先でくすぐられる。大きな掌が僕の手を握りこむ。

「だ、め……」

「ハル、愛している」

普段無骨《ぶこつ》な人なだけに、真剣さが伝わってきた。

イドリースは本気で僕に求愛してくれているんだ。

頬に掌が添えられる。張りつめた表情には切迫《せっぱく》したものがあった。

今度は唇にキスされる、と思った瞬間、僕は手でイドリースの口元を塞ぎ、押し返していた。

「イドリース、だめ」

イドリースの眉間に苦しそうな皺が刻まれる。

本当は、ちっともだめではなかった。あの砂糖菓子のようなキスをされたら、僕はきっととろとろにとろけてしまった事だろう。きっと何もかも、全部許してしまう。

なぜなら。

唐突に気が付いた事実に、僕は愕然とした。

イドリースにキスされるのが全然嫌じゃないからだ。むしろ無理矢理にでもキスして欲しいと、心の奥深い場所では願ってすらいる。

どうしてかなんて簡単だ。

僕もイドリースを好きになってしまったからだ。

僕は注意深く自分の心の奥を透かし見る。

助けられたという記憶のせいだろうか。

ううん、違う。

もっと前からだ。

もっと前に、僕は好きになっていた。

一度はひどい事をされたけれど、イドリースは優しかった。据え膳状態だった僕を前に我慢し続けてくれた。僕だって同じ男だからわかる。その自制心は賞賛に値する。

寡黙に示される愛情は誠実で、真摯だった。その上こんなにもストレートに好きだと言われてまっすぐに求められて、どうして好きにならずにいられるだろう。

それでも〝いいよ〟とは言えなかった。

「だめ、イドリース」

「なぜだ、ハル……！」

なぜならイドリースは王子様だから。

僕なんかに釣り合う相手じゃないし、何かの拍子《ひょうし》で僕の存在がバレて罰せられるような事にでもなったら、悔やんでも悔やみきれない。

イドリースは僕なんか忘れて、同じムスリムの女性と結婚して、王位を継ぐのが一番いいのだ。僕のために命が危険に晒されるような真似をするべきじゃない。

だからやめてと僕は言った。

両手で肩を押すと、イドリースは簡単に離れた。

食い入るようなまなざしから逃げるように僕は目を伏せる。

イドリースは一瞬僕を捕えようとする素振りを見せたが、結局乱暴な足取りで部屋を出て行った。

鍵がかけられる音ががらんとした空間に響く。

その音にぼんやりとした不安を感じたけれど、心のどこかで僕は思っていた。

駄目と言ったところでイドリースはきっと僕を手放さない。

わざわざ鳥籠に僕を閉じ込め、使用人すら遠ざけて手ずから世話をしてきたのだ。生半可な執着ではない。

きっと求愛は続く。この先もこれまでと同じような日々が積み重ねられてゆく。

その時僕は、何の根拠もなくそう信じていた。

一六

翌朝、悪夢のない穏やかな眠りをむさぼっていた僕は、カニスの吠え声でようやく目覚めた。

どうして今日に限ってこんなに吠えるんだろう。

寝ぼけ眼を擦っていたら、誰かが部屋に入ってきた。

てっきりイドリースだと思っていた僕は中年のふくよかな女性に気付き目を瞠《みは》った。

女性はスカーフとアバヤで慎《つつし》み深く髪や躯を隠している。ヴェールをしていないから既婚者なのだろう。

女性は英語を解さなかったので、身振り手振りで意志の疎通《そつう》を図る。

ついて来いと言われているようだったので寝台を下りたら、女性は子犬の籠を持ち、屋敷内の別の部屋へと僕を連れて行った。鳥籠の部屋のようなデコラティブな所などひとつもない、シンプルな部屋だ。

シングルベッドと書き物机がひとつ。奥にある扉はバスルームに続いている。

女性が見せてくれたクロゼットの中には既に服が掛けられていた。

ラフなTシャツに、カプリパンツ。それから新しい寝間着。

ここまで準備されていれば鈍い僕にだってわかる。ここは僕の新しい部屋なのだ。

――僕は鳥籠の部屋から放逐《ほうちく》された。

「なん……で？」

だめだと言ったからだろうか。

でも今までイドリースは、僕が何を言っても諦めなかったのに。

案内を終えると、女性はどこかに行ってしまった。

僕はビジネスホテルのようなよそよそしい室内を見回し、ベッドの端に腰掛けた。手首でブレスレットがしゃらんと小さな音を立てる。

多分、これは歓迎すべき事態なのだ。僕はイドリースから解放されたのだ。

だけど全然嬉しくなかった。それどころか胸に穴が開いたような気がした。

イドリースはこれからどうするんだろう。あの鳥籠に新しい恋人を迎え入れるのだろうか。僕よりも従順で、美しい女のひとを。

そんな事ばかりくよくよ考えてしまう。

昼になると、別の女性が昼食を運んできた。

この女性もアラビア語しか喋れないらしく、会話はちっとも成り立たない。

「あのね、イドリースと話をしたいんだ。イドリース。わかるよね？　君たちの主。会わせて。お願い」

何を言っても女性はきょとんとしている。

これは、無理だ。

僕は諦めた。

「もう、いいや。悪いけど、自分で捜させてもらうね」

さっさと昼食を食べ、席を立つ。後片づけをしている女性には構わず扉を開ける。

部屋の扉に鍵はかかっておらず、僕はイドリースの姿を探し歩き出した。女性はわあわあ何かまくしたてながら追いかけて来たけれど、無理に僕を止めようとはしない。

次々に扉を開き、覗いてみる。

リネン室があった。物置のような部屋や、食堂もある。書斎とも事務室ともつかない部屋がいくつもあったが、どの部屋もうっすらと埃をかぶっていた。イドリースが政務に就いていていた頃使っていた部屋なのだろう。

屋敷の中は人気がなかったが、途中で一人だけアラブ人男性と遭遇した。アラブ服を纏い髭を蓄えた、浅黒い肌の男。

一瞬胃がきゅっと縮んだような気がしたけれど、以前のようにパニックに陥る事はなかった。記憶を取り戻したお陰かもしれない。

男は外国人が屋敷内をうろついている事に驚いたようだったけれど、一緒についてきた女性が何か言うと、黙って僕に道を開けてくれた。

屋敷中探し回ってみたがイドリースは見つからず、僕はとぼとぼと与えられた部屋に戻った。

一七

二日後、僕は女性に連れられ部屋を出た。

イドリースに会わせてくれるのかと思ったのだけど、違った。通された応接間で待っていたのは、日本人だった。

夫婦らしき中年の男女とスーツを着た青年が二人に、胸まで髪を伸ばしたジーンズ姿の若い女性がひとり。

皆、落ち着かない様子でソファに腰掛けていたが、僕を見るとはっとして腰を浮かせた。

『ハル！』

言葉が、頭の芯までまっすぐ響いてくる。

『ハル兄《にい》、私の事、わかる？』

いきなり駆け寄ってきた女性は目にいっぱい涙を溜めていた。今にも泣き出しそうな顔を眺めているうちに、記憶の糸がするりとほどける。

『路《みち》、子《こ》……？』

『そう！』

発音した途端、曖昧な幻のようだった言葉が明瞭な意味を持った。

路子。
この子は年の離れた、僕の妹だ。
わらわらと近付いてくる人々の顔を僕は見渡す。
『お父さん……お母さん……？』
『そう！』
眼鏡をかけ、痩せぎすの躯をスーツに包んでいるのは、二番目の兄だ。
『エイ兄』
『ああ。久しぶりだな』
『それからええと……誰だっけ』
家族の中では一番体格が良い、長兄。だが名前が出てこない。
わざとだと思ったのか、兄は唇をへの字にひんまげた。
『てめ、俺の事だけ忘れてんじゃねーぞっ。大事な大事なカズ兄だろーが！』
『カズ、兄』
そうだ、和彦《かずひこ》だ。
四歳年上の、兄。
幼い頃よく遊びに行った市民公園のイメージが唐突に脳裏に広がった。

あの頃僕は、友達と野球やサッカーをしに出掛ける兄の後を一生懸命走って追いかけていた。兄は大きくて強くて、なんでもできた。おまえみたいなチビ邪魔なんだよと邪険にされる事もあったが、大抵は遅れてついてくる僕を気にかけてくれた。

僕は兄が大好きだった。

夏休みの宿題のために育てていた朝顔。兄のお古の自転車。ふたりで両手一杯蝉《せみ》の抜け殻を集めて帰って、お母さんに怒られて——。

僕は数歩後退ると頭を振って、どこまでも続く記憶の糸を無理矢理断ち切った。

待って。これは、どういう事なんだろう。どうして僕の家族がここにいる？　イドリースは知らせるなと言っていたのに。

——答えは明白だ。イドリースは僕を日本に帰す気なのだ。

『ハル兄、気分、悪いの？　大丈夫？　お水もらおうか？』

脈打つこめかみを掌で押さえソファに座り込むと、路子が心配そうに覗き込んできた。

『……大丈夫だよ。ちょっと——立《た》ち眩《くら》みしただけ。路子、そういえばおまえ、大学受験はどうなった？』

『うわ、いきなりそれを聞く？　滑り止めだけど、受かったよ。今、女子大に通ってます』

水の入ったコップが差し出され目を上げると、栄治《えいじ》が僕を見下ろしていた。眼鏡の下の優しげな瞳が僕を注意深く観察している。

『記憶喪失になったと聞いたが、大丈夫そうだな』

『まだ思い出せない事がたくさんあるんだけど、一昨日《おととい》から急に記憶が蘇ってきたんだ』

『今頃になって連絡が来たのはそれでか』

両手でコップを包み水を飲む僕の髪を、路子が指先で梳く。

『髪、随分長くなったね。ハル兄は、私達の事忘れちゃったから帰って来られなかったの？』

僕は曖昧な笑みを浮かべた。

『うん――ごめんね』

本当はそれだけじゃないけれど。

余計な事を言って家族を混乱させる必要はない。

和彦がソファにどすんと腰を下ろし、家にいる時と同じ調子でふんぞり返った。

『あー、それにしても良かったぜ！　同行していた二人が白骨死体で発見されたって言うから、てっきりハルも殺されたんだろうって皆思っていたんだ』

――白骨死体？

何気なく吐かれた言葉がねじくぎのように僕の胸に食い込んだ。

きっと僕を守ろうとしてくれたムハンマド達だ。

『やっぱり二人とも死んだんだ』

『ハル!?』

決定的なシーンは見なかったものの、そうだろうと思っていた。僕は冷静に和彦の言葉を受け止めたつもりだった。

でも僕の心は、そうじゃなかったらしい。

驚くぐらい簡単に涙が溢れた。

顎の先から落ちた水滴が、白いコットンのズボンに丸い染みを作る。

突然泣き出した僕に、家族はそれこそ仰天した。

『どうしたんだ、ハル！』

僕は首を振って、両手で顔を覆った。

『ごめん、大丈夫。ただ、あの二人は……友達だったから』

『ハル兄、お友達が亡くなられてたって事、知らなかったの？』

路子はおろおろしている。栄治が和彦を睨んだ。

『カズ兄！』

『う、悪い……だってもう、二年も前の話だし、友達だなんて知らなかったから……』

僕の、せいだ。

二人とも、僕を助けようとしたから。

僕を。

でも――待って。二年前？　という事はイドリースが片目を失ったのと同じ頃、僕はテロリストに攫われたのか？

記憶の糸が、ほどける。もつれた記憶が他の記憶を連れてくる。

血を流すイドリースが見えた。

薄暗い洞窟の中にイドリースはいた。軍服に身を包み、銃を構えた勇ましい姿だが、左目があるべき場所には血で満ちた虚《うろ》しかない――。

僕は愕然として目を見開いた。

イドリースはテロ絡みの事件で片目を失ったのだとハサンは言っていた。あの時僕は自分には関係ないと思って聞き流した。時期が合わないと思っていたからだ。

でもそうじゃなかった。

僕だ。僕の誘拐事件だったんだ。テロ絡みの事件というのは。

イドリースは僕を救出しようとして左目を失った。

『ハル兄？』

ぼろぼろ涙を流しながら宙を見つめる僕に、路子が恐る恐る声をかける。

『イドリース、は……？』

僕の呟きに答えたのは、栄治だった。

『ハルを保護した王子か？　まだ会っていない』

僕は拳でぐいっと涙を拭いた。勢いよく立ちあがる。

部屋を突っ切り扉を開くと、廊下には一組の男女が控えていた。

「どうなさいました」

男の方が訛りのきつい英語で尋ねる。僕の家族のために言葉の通じるスタッフを用意してくれたのだろう。

僕は性急に要求した。

「イドリースに、会いたい。イドリースに会わせて！」

「ハル、様？」

僕の剣幕《けんまく》に男は困惑している。掴みかからんばかりの僕を栄治が引き戻した。

「失礼。王子にハルを保護してくれたお礼を申し上げたいのですが、お時間をいただけないでしょうか」

「申し訳有りませんが、イドリース殿下は公務で遠方に出掛けられております。果たして皆様の滞在期間中に戻られるかどうか」

「……嘘だ！」

「ハル！」

公務で外出なんて、嘘だ。今までそんな事一度もなかった。イドリースはいつだって僕の傍にいたんだ。

「ああすみません、弟が失礼を」

栄治が僕を部屋の中へと押し戻す。和彦まで来て、尚も突っかかろうとする僕をホールドした。

『馬鹿。何興奮してんだ、落ち着けよハル』

『いやだ、イドリース！』

和彦の腕を振り払い、僕はその場にしゃがみ込んだ。

涙が、止まらない。

イドリースが撃たれたのは目だけではなかった。躯のあちこちが血で染まっていた。

イドリースは王子様なのに、本当に命を賭《と》して僕を助けようとしてくれたのだ。

なのに、僕はその事をすっかり忘れてしまった。それどころかイドリース自身が誘拐を計画したのではないかとまで疑った。

僕は、最低だ。

泣きじゃくる僕に、家族は茫然としている。

扉を閉めた栄治が膝を突き僕の背中を抱いてくれた。ほっそりとした兄に抱き付き、僕は泣いた。

イドリースに、償いたい。土下座《どげざ》して謝って、許しを乞いたい。

でもイドリースは――会ってもくれない。


お昼近くなってようやく僕が泣きやんだ頃、ノックの音がした。食事の用意ができているると導かれた食堂には、銀食器が並んでいた。癖の強いこの国の料理ではない、正統派のフランス料理が供される。

目を輝かせた路子は、ソースの一滴も残さない勢いで食べている。栄治も料理に集中しているようだが、和彦はまだ元気のない僕を気にしている。

たった一杯の食前酒で頬を赤く染めた母が咳払いをした。

『イドリース王子って、いい人ねえ。晴《ハル》を保護してくれた上、こんな豪華な食事まで用意してくれて』

『ハル兄、毎日こんなご馳走《ちそう》食べてたの？　いいなー。そのブレスレットも王子様からもらったんでしょ？　すっごいゴージャス！』

沈みがちな雰囲気を盛り上げようとしているのだろう、朗らかな声が空々しく食堂に響く。僕は弱弱しい笑みを浮かべると、手首に光る金の輪を見下ろした。

『皆、いつ僕がここにいるって知ったんだ？』

『一昨日イドリース王子の部下だという人から電話があった。それからもう大騒ぎだ。有休をもぎ取って、仕事の引継をして』

『チャーター機を用意してくれてたんだよ！　乗っていたの、私達だけなの！』

『ハルは今まで何をしていたんだ』

僕は半分も減っていない皿を押しやった。

『……覚えていない。僕が誘拐されてから、一体どれくらいになるのかな』

『およそ二年半』

栄治が補足する。

『誘拐されて三ヶ月目くらいで犯人との連絡が途絶えた』

イドリースが僕を助けてくれたからだろう。

その後の二年間を、僕はどう過ごしていたんだろう。

『誘拐された当時はすごい騒ぎだったよ。毎日ニュースで報道されて、僕たちも状況説明のために政府に呼び出されたりして』

『危険な所にわざわざ行って誘拐されるなんて傍迷惑なバカだなんて中傷電話をかけてくる人もいたんだよ。ザハラムはそんなに危険だって話じゃなかったし、ハル兄は人助けのために行ったのにね。人の悪口言うしか能のないバカに言いがかりつけられるいわれなんてないっつーの。ねえ?』
『ミチ!』
女性らしからぬ言葉遣いを母が咎める。
人助けという言葉にまた新しい記憶の糸がほどけた。

薄汚れたテントのイメージが頭の中に浮かぶ。
無造作に積み重ねられた医薬品や医療機器のダンボール箱。泣き叫ぶ子供の声。被災し、身ひとつで逃げてきた人々の、虚ろな表情。

『ね、ハル兄。帰ったらもう、海外でのボランティア活動なんてやめてね』
『え……』
僕はぎくりとして肩を揺らした。
『ああ、もう二度とこんな風に心配させられるのは御免だ。わかったな、ハル』
寡黙な父までが重々しく頷いている。
家族は皆、僕がこのまま日本に帰るのだろうと思っている。
素直に頷けず、僕は俯いた。
なぜなら、日本に帰るという事は、イドリースの傍を離れるという事だからだ。そして多分、二度と会えない。


　昼食が終わると僕はイドリースに連絡をくれるよう伝言を頼み、同じ屋敷内に用意されていたゲストルームで家族団欒《だんらん》を楽しんだ。まるでホテルのスイートのような広々とした空間にはバーカウンターやピアノまで据えられていた。

　積もる話をしているとあっという間に夕刻になり、また食堂で夕食が供される。

　家族と交わす何気ない会話の端々からいとも容易《たやす》く記憶が蘇ってきた。

　僕は医療ボランティアだった。

　それまでは勤務医だったが、ろくに休息もとれずコンクリートの箱の中で右往左往する生活には嫌気が差していた。

　発展途上国での医療活動には以前から漠然とした憧れを抱いていたが一生を捧げるだけの勇気はなく、僕はまず一年の約束でここに来た。

　その先のイメージは曖昧だ。でも多分僕はイドリースとその頃を共有している。彼と話をすれば記憶の糸がまたするりと解け、何もかも思い出す事ができるだろう。

　でも夜になってもイドリースからの連絡はなかった。

　たった一本の電話すらかけてくれないという事は、イドリースは僕と話をしたくないのだ。

「今までは僕の方がイドリースを拒絶していたのにね」

足元に蹲ったカニスがくうんと相槌を打つ。

締め出されて、僕は初めてイドリースがどんな気持ちだったのか理解した。

寂しくて、切なくて、すごく苦しい。

僕は夕食が終わると、まだ話をしたがる家族を置いて早々に部屋に引き上げた。ひとりでちゃんと考えてみたかったのだ。イドリースの事を。これからどうすべきなのかを。

このままだと僕は家族と共に帰国する事になる。イドリースと話もできないまま。それで本当にいいんだろうか。

ふとカニスが立ちあがり、寝台の下へともぐりこんだ。

「どうしたの、カニス」

寝台の下を覗き込もうとした所で部屋の扉がノックされる。

「ハル、ちょっといいかね」

呼びかける声が誰のものか気が付いた僕は、飛びつくようにして扉を開けた。

「ハサン!?」

うやうやしくお辞儀をすると、ハサンは快活な――そしてとてもうさんくさい――笑みを見せた。

「こんばんは。そしておめでとう、ハル。僭越《せんえつ》ながらイドリースの代わりに幕引きの挨拶に参上したよ」

不吉な口上に胸の奥がすうっと冷えた。

「幕を引く？　どういう意味ですか？」

「終わりという意味だ。君は自由だ。どこにでも行ける」

自由。

嬉しいはずなのに、僕は狼狽するばかりだった。

「どうして、突然！」

「どうして？　イドリースは言っていたぞ。ハルに振られたと。どうしたって受け容れてもらえないとわかったから、諦めると」

膝から力が抜けた。

──僕はなんて事をしてしまったんだろう。

イドリースを拒絶した事を僕は悔やんだ。

今、ようやく分かった。

僕はイドリースが好きだ。

ほのかな好意なんてものじゃない。イドリースのいない世界で生きてゆくなんて考えられない位、好き。

「どうしたのかね？　嬉しくないのか？　この屋敷から逃亡を謀ったと聞いたぞ。イドリースに求愛されるのは迷惑だったのだろう？　強姦魔の手から逃れ家に帰れるんだ、良かったじゃないか」

ハサンの言葉がきりきりと僕の胸に突き刺さる。

そうだ、イドリースを拒否したのは僕だ。逃げだそうとしたのは、僕だ。

「ハサンはそれでいいんですか？　僕が、ら、乱暴された、と訴えたら、イドリースは罰せられるかもしれないのに」

眉毛を上げたおどけた表情でハサンは言い放った。

「私には何も言えんよ。それにあの男はもう、罰を受ける覚悟を決めている。だから君を解放したんだ。仕返ししたいなら、そうしなさい」

なに、それ。

死刑になってもいいって、イドリースは思ってんの？

バカじゃないの!?

「ハル、これはイドリースからの手紙だ。今まで不自由な生活を強いて悪かったね。では、ごきげんよう」

封筒を僕の手に握らせ去ろうとしたハサンを、僕は慌てて捕まえた。

「待って！　お願い、イドリースに会わせてください。聞きたい事があるんです。この二年間僕がどうしていたのか、どうして記憶を失うような事になったのか。僕にはどうしても思い出せなくて」

眼鏡の奥の瞳が、面倒そうに僕を一瞥《いちべつ》した。

「君が記憶を失ったのは、テロリストからの救出劇の終盤だ」

「でもそれって、二年も前の事でしょう？」

「そうだ。それからずっと君は眠っていたんだよ、ハル。あの鳥籠の中でね」

え——？

容易には信じられず、僕はハサンを見つめた。

眠って、いた？　僕が？

……眠り姫のように？

これは何かの冗談だろうか。

でもハサンは、真剣だった。それにそれで辻褄《つじつま》が合う。

目覚めた時、僕の体力は極端に低下していた。二年間昏睡状態にあったのならそうなるのが当然だ。

「銃撃戦の最中、テロリスト達の弾薬庫が爆発したらしい。その衝撃で君は昏睡状態に陥った。もう癒えてしまったが、当時は躯のあちこちに細かい傷があったよ」

「その時僕の脳に損傷は？」

「それは、なかった。あの部屋に運び込む前にありとあらゆる検査をしたし、その後も定期的に検査をしたから断言できる。君の脳は綺麗なもので、どうして目覚めないのか全くわからなかった」

だからイドリースは平気で検査を拒否できたのだ。

肩に流れる長い髪は、昏睡状態にあった間に伸びたのだろう。

「君が眠っていた二年間の事を教えてあげようか。君を救出しに行った時、イドリースも酷い怪我を負った。一時は心肺停止し、皆、彼の死を覚悟した。だがイドリースは持ちこたえ、起き上がれるようになるとすぐ、君の身の回りの世話を始めた。眠ったままの君の関節や筋肉が固まってしまわないよう、毎日毎日ストレッチをさせて、話しかけて。二年間、ずっと」

二年は、長い。

そんなにも長い間イドリースは僕を見つめ続けてくれていた。

そんな優しい男に、僕は、何をした？

「イドリースは君が目覚めるのを望みつつも、怖れているようだったな。退院すると左目の療養を口実に政《まつりごと》の一切を放棄して、屋敷から人を遠ざけた」

「ハサンは前、何も知らないって僕に言いましたよね」

「ああ、私は君に関する何事にも責任を負いたくなかったんだよ」

寝台の下からはみ出たカニスの尻尾がぱたりと動いた。

子犬たちは眠っているようだ。小さな寝息だけが聞こえる。

「ある時往診に行ったら、イドリースは眠る君の手にキスしていたよ。馬鹿だろう？　昏睡状態の人間なんてお人形みたいなものだ。なんだってできるのに、あの男はそんな事しかしなかった。延々と目覚めを待った挙げ句、こんな結末を迎えるとは運の悪い男だ。──だがこれで良かったんだろう。男の恋人なんて、イドリースには必要ない。君がいなくなれば、今度こそイドリースは政務に復帰するだろう。そしていつかザハラムの王になる。現王はイドリースが戻ってくるのを心待ちにしていたのだからな」

イドリースが、王に。

心が引き裂かれる思いがした。

僕がいなければ、イドリースはなれる。あれだけの覇気がある男だ。

喜ばしい事なのに、喜べなかった。だってそうなったら、僕はイドリースと会う事すらできなくなるだろう。

本当に、さよなら、だ。

僕は掌を握り込んだ。

「イドリースに、会いたい」

ほとんど泣きそうになっている僕に対して、ハサンは苛立たしい程に冷静だった。

「やめておきたまえ。大体会って何をしようって言うんだ」

なにって、そんなの、わからないけど。

「会いたいんです、ハサン」

「さよなら、ハル。イドリースとの事は、犬に噛まれたとでも思って忘れてくれるとありがたい。ああ、忘れる所だった。これは慰謝料とでも思ってくれ」

茫然としている僕を置き去りにして、ハサンは出ていった。

僕はハサンから渡された手紙と小箱を見つめた。ずしりと重い小箱を書き物机の上に置き、手紙の封を切る。

薄い紙が乾いた音を立てた。


ハル。

ハルが俺に会いたがっていると聞いた。

これまで俺が強いた数々の仕打ちを考えればハルが納得できないのもわかる。本当なら直接会って謝罪するべきなのだろうが、ハルを目にしたら手放せなくなる気がする。悪いが手紙で今は我慢して欲しい。

長い間束縛して悪かった。記憶のないハルには訳が分からなかっただろう。いや覚えていても同じだったかもしれないな。ハルは俺の想いには気付いていなかったのだから。だが俺は初めて会った時からずっとハルに囚われていた。

ハルに初めて会ったのは三年前だ。当時隣国を震源地とする大規模な地震が起こり、家を失った被災者が国境を渡って我が国に流入していた。隣国は元々政情が安定しておらず経済状況も悪化の一途を辿っていたから、何の援助活動も行おうとしない国からザハラムへと被災者が流れ込んで来るのは当然の流れだった。我々は彼らへの支援に乗り出し、外国からも様々な団体が協力を申し出てくれた。

その中にハルがいた。

ハルはまだ少年のようにしか見えない細い躯に白衣を纏い、患者の間を飛び回っていた。おまけに話を聞こうと呼び止めると、いきなり援助資金の一部を自分の所に回せと偉そうに要求してきた。

人手が足りない分、難民を雇いたいとハルは言っていた。彼らに施しを与えるのではなく、まっとうな生活が成り立つだけの仕事を与え自立を促した方がいい、と。正論ではあるが、人口の移動が続き混乱が収まらない状況下では難しかった。俺は何度も意見交換するためハルに会いに行った。ハルは既に現地スタッフや難民と友達になっていて、彼らの生活に詳しかった。それに我が国の国民のように、相手が俺だからと言って言葉を選んだりしない。

率直なハルと話をするのは楽しかった。

仕事としてではなく、一人の男としてこの機会を楽しんでいる自分を、俺は早々に自覚していた。

留学をした際、美しい女性はたくさん目にしたが、どんな女よりハルは美しく思えた。傷ついた子供を抱き上げあやす笑顔に、俺の心臓は鷲掴みにされた。他の医師が同じ事をしていても何も感じないのに、不思議だった。

だが誓って言う。

あの時俺は何をするつもりもなかった。

俺の国では同性愛は禁忌《きんき》だ。

何の縁《ゆかり》もない外国人のために寝食を忘れ尽くしてくれているハルに、罪を犯させるなんて仕打ちはできない。

ただ会って話ができるこの一時を噛みしめ、ハルが日本に帰ったら何もかもを忘れるつもりだった。だが帰国の期限が来る前に、ハルは誘拐された。

ハルがあの時の事を思い出さないでいてくれる事を俺は願う。

全てはザハラムの責任だ。もっと早く彼らを根絶しておくべきだったのに、我々は同胞への情に流され義務を怠った。

ハルには本当に申し訳ない事をしたと思っている。俺はハルが目覚めたら誠心誠意謝罪するつもりだった。

だがハルは——目覚めなかった。

俺は長い長い時間をハルのそばで過ごした。目覚めを待ちハルの世話をしている間、俺はとても幸せだった。

ハルがすぐそばにいる。

眠っているハルは俺だけのもので、患者や他の人間に気を逸らす事もない。キャンプでは一度も目にする機会を得られなかった寝顔を俺に晒し、無防備に眠っている。

時と共に俺の気持ちは圧殺できない程に育っていき、いつの間にか俺はハルが目覚めるのを怖れるようにさえなっていた。ハルを手放したくなかったのだ。

ハルが目覚めて記憶がないとわかった時には、アッラーの思し召しかと思った。

だが俺はハルをすぐに日本に返してやるべきだったのだ。鳥籠に閉じ込めるのではなく、失いかけた人生を再び歩めるよう手を引いてやるべきだった。

そうしなかったのは、俺のエゴだ。

ハルも神も道を踏み外した俺を許してくれはしない。ようやくそれがわかった。

長い間振り回して悪かった。

ハルが本来いるべき場所に帰れるよう、手配した。足りないものがあったら、誰にでもいい、言いつけてくれ。なんでも叶えるよう、指示してある。

さようなら、ハル。

ザハラムから死ぬまでずっと君の幸せを祈っている。


「う……ふ……っ」

僕は手紙を握り締めた。

ぽたぽたと落ちる涙が文字を滲ませる。

イドリースの文字は性格をよく表していた。力強くて勢いがあるのに、綺麗に整っている。

「違う……イドリースだけじゃ、ない……」

ボランティアとして働いている間、僕の方こそイドリースの来訪を楽しみにしていた。

最初、不意に呼び止められ要望を聞かれた時、僕はそれが王子様なのだとは知らなかった。金を寄越せとのっけから言ってのけたのは、どうせ何を言っても無駄だと思っていたからだ。この国のお役所仕事ののろさ及び適当さが日本の比ではない事を、僕はもう経験で知っていた。

だがイドリースは一通り話を聞くと、すぐ取り巻きのひとりに電話をかけさせた。援助

金の分配がその場で決定し、僕は数日でその金を手にする事ができた。

奇跡だ。

その後もイドリースは頻々と僕の元に現れた。

イドリースは頭のいい男だった。勘も良くて、専門用語の混じる僕の話をすぐに理解し、鋭い質問を放つ。即断即決はいつもの事らしく、話し合った数日後には役所が動いた。

無愛想ではあったが、この美丈夫は子供達にも人気があった。来る度色んなお菓子を持ってきてくれたからだ。

大喜びでお菓子を分け合う子供たちをイドリースはいつも黙って見つめていた。一列に並んだ子供達にお礼を言われると、少し目を細め頭を撫でてやっていた。

本当は治安の良くないキャンプにはあまり来るなと言われているようだったが、イドリースはいつでも自分がしたいように振る舞った。

僕はイドリースに惹かれていった。

当たり前だ。長身で、顔立ちも整っていて、仕事のできる男。それでいて偉ぶった所はなく、どんな些末《さまつ》な意見でも静かに聞いてくれる。

素晴らしい男だと思った。こういう男になれたらいいのにと思った。

それから。

クーフィーヤをもらった事があった。

真っ赤に火傷してしまった首筋を濡らしたタオルで冷やしていると、イドリースが尋ねた。ハルはクーフィーヤを持っていないのかと。

暑そうだし異教徒だしと言う僕に、イドリースは自分のクーフィーヤを脱いでかぶせてくれた。そして言った。

暑くないだろう？　と。ハルは折角綺麗な肌をしているのだから、あまり焼かない方がいい、と。

顔から火を噴きそうになった。

綺麗、だなんて。

変だ。イドリースは変だ。

でも心のどこかで、変なのは僕の方なんだってわかっていた。

イドリースが好きだから、こんな些細な言葉が気になってしまうのだ、と。

同性を好きになった経験なんてなかったから気付かなかったけれど、あの時にはもう恋に落ちていたのだと思う。

ハサンに渡された小箱を開けてみると、中には黄金のブレスレットが入っていた。幅広でとても重く、ところどころに見事な宝石が嵌め込まれている。

少し派手すぎる感があるが、この国の人々は装身具の形で蓄財する。イドリースとしては一財産くれてやったつもりなのだろう。

慰謝料として。

こんなもの、いらないのに。

僕は両手で顔を覆った。涙が溢れて止まらない。

背中を丸め声を殺して泣く僕の膝を何かがつつく。ハサンがいなくなったからだろう、カニスがのそのそと寝台の下から出てきていた。僕の顔を見上げ、首を傾げている。

そんな事をしても無意味だとわかっていたけれど他に縋る相手もいなくて、僕は膝を突いた。視線をカニスに合わせる。

「イドリースに、会いたい」

カニスの耳がぴくりと動いた。

「イドリースに会いたいんだ、カニス」

慰めを求め僕はほっそりとした首を抱こうとした。でもカニスはふいと頭を振って僕の手を避け、扉の前へと逃げて行った。

「カニス？」

僕は愕然として黒い獣を見つめた。

カニスに嫌がられたのは初めてだった。

「おまえも僕を置いていくの？」

少し離れ振り返ったカニスがまた首を傾げる。それから前足を上げて、扉を掻いた。外に出たいんだろうか。涙で曇った瞳で僕はカニスを見つめる。

「いいよ……行っちゃいなよ」

僕といるのがイヤなら、どこでも好きな場所に行けばいい。

拳で目元を拭うと、僕は扉を押し開いた。カニスは廊下に出たものの、すぐそばで立ち止まってしまった。どこへ行く様子もなく、振り返って僕を見つめている。

「……カニス？」

僕が扉の外に踏み出すと、ととっと数歩進みまた僕を振り返った。

「もしかして、僕について来て欲しいのかな」

細い鞭のような尻尾が振られる。意を決し薄暗い廊下に踏み出すと、カニスは足早に進み始めた。時々振り向いては、僕がついてくるか確かめている。

迷路のような廊下を幾つも抜けた。最後の角を折れると、思い出深い白い中庭が見えてきた。

かつて僕が暮らした鳥籠の部屋へとカニスは僕を導いた。細く開いた扉の隙間から、弱い光が漏れている。まさかと思いつつ両開きの扉を押し開くと、寝台にもたれ、片膝を立てて座っている男がいた。

イドリースだ。

僕が立てた物音が聞こえただろうに、身じろぎもしない。

たった数日離れていただけなのに酷く懐かしく感じられる横顔を僕は見つめた。

「ありがとう、カニス」

廊下にお座りして尻尾を振っているカニスに礼を言い、両開きの扉をぴったりと閉める。それから僕は鳥籠の中へと上がっていった。

すぐ傍に座り込むと、イドリースが物憂げに目を上げた。泣いて赤くなった僕の目を見ると少し眉根を寄せる。でも、何も言わない。

「ねえ、イドリース。左目を見せて」

少し待ってみたけれどイドリースに動こうとする様子はなかった。ならばと身を乗り出し、僕は勝手に左目を覆う眼帯の留め金を探る。だが髪の中に埋没してしまってよくわからない。苦闘しているとようやくイドリースが手を上げ、自分で眼帯を外してくれた。

傷は、思っていた程怖ろしくはなかった。修復された瞼の下には義眼が嵌め込まれている。黒い、無機質な瞳に、僕は引き込まれた。

銃声が聞こえた。

僕に食事を強要していた男が目の前で崩れ落ちるのを僕は茫然と眺めていた。薄暗くてもわかる。血と肉片が周囲に飛び散っている。

濃い血臭にくらくらした。

一体――何が起こったんだろう。

一群の男達が銃を抱え洞窟の奥へと走り込んでいく。

彼らから一人離れ、近付いてくる男を僕は見上げた。

長い監禁生活で僕は頭がおかしくなってしまったらしい。死ぬ前にもう一度会いたいと密かに思っていた男の顔が見える。

「もう大丈夫だ、ハル」

低い、艶やかな声が耳朶《じだ》をくすぐる。声も、あの人の声にしか聞こえない。でも僕には信じられない。

だってあの人は王子様。こんな場所にいる訳がない。

茫然としている僕の前でイドリースが膝を突きナイフを抜いた。

手首を拘束していた手錠は食事のために外されている。残る足首を繋いでいた縄をイドリースがナイフで断ち切り、手早く僕の躯を引き起こしてくれた。

「イドリース？」

「そうだ、ハル。さあ立って」

イドリースはいつものようにクーフィーヤをかぶっていた。でもその下に着ているのはトウブではなく軍服だ。

洞窟の内外で銃撃戦が始まったらしく、ひっきりなしに銃声が聞こえた。

「どうして、ここに？」

「ハルを助けに来た」

当たり前のように告げられたその一言が、嬉しかったけど怖かった。

イドリースはこんな危険な場所に来ていい人ではない。

早く戻ってと言おうとした時、イドリースの背後に人影が見えた。

とっさに声が出なかった。それでも硬直した僕の躯からイドリースは敵の存在を察知した。目の前の躯が回転する。同時に突き倒され、僕はゴミだらけの地面に転がった。

洞窟の中で銃声が反響する。

――怖い。

恐怖に竦み動けなくなってしまった僕は、地面に転がったまま倒れた缶からこぼれた豆料理を見つめていた。

透明なスープの中に、ぽつんと赤が生まれる。

最初点のようだった赤が見る見る増え、どろりと豆を覆い尽くしてゆく。たったそれだけの光景がなんだか酷く恐ろしく、心拍数が上がっていく。

いつの間にか銃声が止んでいた事に気が付き、僕はのろのろと身を起こした。

洞窟の入り口にあった人影は、その場に俯せていた。

鈍い金属音に振り向くと、イドリースは地面に膝を突いていた。銃は傍らに落ちており、赤黒いものがイドリースを中心に広がりはじめている。

「イドリース？」

イドリースの肩がびくりと揺れる。

緩慢な動きで僕を振り返る。

破れたクーフィーヤの下から現れたイドリースの顔を僕は凝視した。

左目が、なかった。

眼球は弾け、残骸らしき物がわずかに残っている。肉は頬の辺りまで裂け、血を噴き出していた。

撃たれたの、だろうか。

さっきの男に？

傷ついたのは顔だけではなかった。躯のあちこちから出血している。

「あ――――」

何かが、ぷつんと、切れた。

医師としての経験も知識も忘れ、僕は悲鳴をあげた。

死んでしまうと、思った。イドリースが、死んでしまう。

僕を助けにこんな所まで来たせいで。ムハンマドたちとおんなじように。

——皆、僕のせいで死んでしまう。

自分の声が奇妙に遠く聞こえた。

——あ——ああ、あ、いやだ、いや——

ヒステリックな悲鳴をあげ続ける僕を、イドリースが押さえ込んだ。

——ハル、大丈夫だ。しっかりしろ——

大丈夫なんかじゃ、ない。

イドリースの目から溢れたあたたかい血が、ぽたぽたと僕の鎖骨に滴っている。

もう何を見るのもいやだった。

何もかも忘れて、眠ってしまいたいと、僕は思った。

この現実から、逃れたい。

だから。

僕はたまたま目に入った硝子の破片を掴みあげた。頸動脈《けいどうみゃく》を狙い自分の首に突き立てる。

でもイドリースが邪魔をした。ガラスの破片は僕の首ではなく、イドリースが翳した掌に突き刺さった。

——————っ！

視界に鮮やかな赤が滲む。

——馬鹿！——

イドリースが口汚く罵《ののし》るのを初めて聞いた。

投げ捨てられた硝子の欠片が涼やかな音を立てて割れる。僕は震える手でイドリースの傷ついた手を包み込んだ。

泣きながらごめんなさいと譫言《うわごと》のように繰り返す。

ごめんなさい、ごめんなさいと。

そんな僕を、イドリースは痛ましげに見下ろしていた。

それから間もなく、激しい爆発音と共に洞窟が揺れた。洞窟の奥から吹き上げてきた熱い突風に僕達は押し倒された。酷い怪我を負っているくせに、イドリースは僕の上に覆いかぶさり、僕を庇った。洞窟の天井が割れ、石が落ちてくる。

鈍い衝撃と共に僕の意識は途切れている。

鳥籠の中、僕はイドリースの頭を抱え込み、きつく目を瞑《つぶ》った。

故意にではないはと言え、僕は恋しい人に重傷を負わせてしまった。だから目覚めたくなかったし、思い出したくなかった。

僕は見たくない現実から逃げ出したのだ。

全部、思い出した。

僕は震える息を吐き、義眼の上にくちづけた。

「ごめんなさい、僕のせいで」

腕の中でイドリースの躯が強張る。

「ハル、記憶が？」

僕は静かに頷いた。

次のイドリースの行動は素早かった。いきなり両手首をきつく握り締められ、僕はきょとんとした。

イドリースは僕の目の中を余裕のない表情で覗き込んでいる。何かを恐れているようだ。もしかしてイドリースは、思い出したら僕がまた死を望むと思っていたのだろうか。

僕は安心させようと微笑んだ。

「大丈夫です。自殺なんかしません。何もかも忘れて、ひどい事して、ごめんなさい」

「ハル……」

イドリースの胸が、大きく波打つ。だがイドリースはすぐ僕から視線を逸らしてしまった。

「ハルが謝る事なんてひとつもない。全て俺が望んで勝手にした事だ。むしろ長い間無理を強いてすまなかった」

「どうして僕の家族を呼んだんですか？」

答えるイドリースの声は低かった。

「ハルに振られたからだ。それに兄にハルを見られた」

「お兄さん？」

「泉で会った男だ」

イドリースが丁重に接していた痩せた男、あれがイドリースの兄だったらしい。

「僕が転んでしまった日、ですね」

イドリースの視線が僕の膝に落ちる。

「ああ。あの時は心臓が止まるかと思った。抱き上げてやりたかったが、もし兄が見ていたらと思ったら、できなかった」

だから、だったのか。

「そうだったんですか。教えてくれればよかったのに」

「兄に見られたと知ったらハルが気にすると思った」

気にする？　どうして？と考え、僕は目を伏せた。

そうかもしれない。僕は彼の弟と、彼の神の教えに反する関係を結んだのだ。

全てが明らかになった今、それは謝るような事ではない。むしろ僕は二人だけで過ごした日々をもう一度やりなおしたい位だった。

だがもう家族が来てしまった。僕の帰宅を、彼らは望んでいる。

「アバヤを着たハルを連れ戻した日、兄に呼び出されハルの事を聞かれた。俺の身辺を探っていたらしい、ハルが鳥籠で暮らしているのを知っていた。この国では同性愛など許されない。俺はどんな罰を受けてもいいが、ハルは被害者だ。俺の罪にハルを巻き込みたくなかった。日本に帰してしまえば、ハルが罰せられる事はない」

また、泣きたくなった。

振られたからなんかじゃなかった。

イドリースが僕を手放そうとしたのも、僕のためだった。

こんなに誠実な人を、僕はどうして拒否できたんだろう。

心が、決まる。

もう自分を誤魔化すのはやめる。逃げるのはおしまいだ。

イドリースが、好きだ。この人の誠意に、報いたい。

「罰せられてもよかったんですよ。だってそれ、本当はイドリースだけの罪じゃなかったんですから」

僕はコットンシャツの胸元に手を伸ばした。ボタンを一つずつ上から順番に外していく。

──もうすぐ僕は日本に帰る。そうすればそう遠くない未来、イドリースはこの国の王様になるだろう。多分もう、二度と会えない。でもそれが一番いい。

僕がいなくなればイドリースが同性と関係したと立証できるのはハサンしかいないし、ハサンはイドリースの不利になるような事を言ったりしないだろう。

イドリースは、安泰《あんたい》だ。

ひとつだけ残った目をイドリースが眇める。

「ハル？　何をしている」

「僕もずっとキャンプを訪れる若い王族が気になっていました。男だし身分も違うし、なんとかなるなんて欠片も考えてなかったけれど」

脱いだシャツをタイルの上に落とす。

「……嘘だ」

イドリースは掠れた声で呟いた。

僕は続いてズボンのウエストに手をかける。

「本当です。もっと早く思い出せば良かった。好きです、イドリース」

だから、イドリースの神様、お願い。

これっきり最後にするから、この人の罪を見逃してください。

ズボンと一緒に下着を脱ぎ捨てて。僕はイドリースの膝を跨いで腰を下ろした。義眼の上にキスをする。

「……！」

一度だけでいい。ちゃんとあなたのものに、なりたい。

ふわりと躯が浮いた。え、と思った時にはもう、寝台の上に移動させられていた。のみならず、イドリースの躯が僕の上にあった。

「触れても、いいか?」

余裕のない口調でイドリースが聞く。飢えた獣のようなまなざしが僕を貫く。

「だめなら、こんな格好しません」


キス、された。

何度も何度も、優しく唇を吸われた。

イドリースのような大きな男が、まるで壊れ物に触れるかのように怖々唇を押しつけてくる様子が可愛くて僕は微笑む。僕の表情を見てほっとしたのだろう、イドリースの真面目くさった表情がわずかに緩んだ。

「ハル……」

勇気を得たイドリースの掌が僕の躯に触れてくる。唇も深く重ねられ、ぬめりと濡れた舌が入ってきた。口の中の粘膜を愛撫される。

僕はイドリースの腕の中、身をよじった。

イドリースにされる、何もかもが気持ちいい。

足の間に差し入れられたイドリースの手が、兆《きざ》し始めたそれを掌であやしている。脅えていないか確かめるように握り込まれやわやわと揉まれる焦れったさに、僕はちいさく腰を揺すった。

「ん……ふ……っ」

もっと強くして欲しい。

伸ばした手が薄い布に阻《はば》まれる。

僕は生まれたままの姿なのに、イドリースはまだミシュラフまで着込んでいた。その事に気付いた僕は唇を尖らせた。

……ずるい。

イドリースのトウブの裾を引っ張る。

僕だけ裸だなんて、恥ずかしい。イドリースはどこでも好きなように僕の躯に触れられるのに、僕にはできないなんて不公平だ。

むきになってトウブをたくし上げようとしていると、イドリースがくちづけを解いた。ふ、と笑う。

「あ……」

膝立ちになってトウブを頭から脱いでくれる。途端にあちこちに穿たれた銃創に目を射られ、僕は視線を揺らした。

ひどい……けれど、目を逸らしてはだめ。

これは僕のせいで与えられた傷なのだ。

起きあがり、指先で傷に触れてみる。イドリースは平然としていた。

「痛くないんですか」

「ああ」

嘘ではないのだろう。もう二年もの月日が経っている。傷はとうに癒えている筈だ。

僕は顔をよせ、胸元の傷にくちづけてゆく。

「ハル……」

触れた舌が、ちりりと痺れた気がした。

イドリースの肉の味。

傷だらけでもイドリースは、美しかった。肉の薄い僕の躯とは別の生き物のようだ。躯の造りがまるで違う。

僕は傷のひとつひとつにくちづける。

くちづける度、自分の中にほろ苦い、でも大切な何かが蓄積していくような気がした。

シーツの上に手を突き、腰骨の上、他とは質感の違うひきつれた皮膚に舌を這わせると、イドリースの腹筋がひくりと震えた。

「ハル。もう、よせ」

「え？　や……っ！」

イドリースの手が伸びてきた次の瞬間には、僕はまるでおもちゃの人形のようにあっけなく転がされていた。今度はイドリースが僕の躯の探索を始める。

唇が喉の骨の上や、鎖骨のくぼんだ所、腰骨の内側を滑る。

ちろりと舌先で舐められる度、ちゅっと唇を鳴らされる度、僕の躯はひくりと揺れた。胸元の赤い尖りを吸われた時には、声が漏れた。

「あ、あ……あ……」

甘く掠れた声に、自分でもびっくりした。

まさにセックスそのもののような、淫蕩《いんとう》な声。そんな声を僕が出している。

狼狽して躯をねじったけれどイドリースは離してくれない。胸元を執拗《しつよう》に吸い、舌で転がされる。その度に甘い痺れが下腹まで走った。

「イドリース、やだ……あ……っ」

どうしよう。声を抑えられない。

きゅうきゅうと乳首をこねられ、泣きそうになった。

気持ち、悦すぎる。

止めさせなければと思うのに、僕の手は思うように動かない。それどころか意地悪をするイドリースの頭を抱え込み、もっととばかりにそこに押し当ててしまう。

いやらしい真似をしているとわかっていたけれど、気持ちが良くて我慢できなかった。

堅く立ちあがってしまった僕の先端がイドリースの腹を濡らしている。かり、と胸に歯を立てられた瞬間身悶えると、強く擦れ達しそうになった。

「はう……ン……っ」

もう少し、と思ったところでイドリースが身を起こす。

「怖く、ないか」

優しく問われ、僕は息を整えながら首を振った。

「全然。あの時だって、その、入れられるまでは気持ちよかったんです。……とても恥ずかしかったけど」

イドリースが喉で笑う。

「可愛いな、ハルは」

「何、言ってるんですか」

睨むと、足首を取られ爪先にキスされた。

引っ込めようとしたら逆に引っ張られ、膝を割られた。充溢《じゅういつ》した性器を見られ、僕は赤面する。

「や、見ないでください……っ」

「愛している」

熱くなっているものを握られる。

上下にしごかれると僕はまた声を抑えられなくなってしまった。

「あ……あっ、やあ、いや……っ」

気持ちが良くてじっとしていられない。腰を揺する僕を、イドリースが凝視している。

恥ずかしいのに、我慢できない。

「あ……っ、も……、達っちゃいそう、です……」

「いいぞ、出せ」

一際強く擦られ、僕は身を震わせた。シーツを握り締め、放つ。

とろりとした液体が腹を打った。僕は激しく喘ぎながら弛緩《しかん》した。

ぼうっと視線を彷徨わせると、イドリースと目があった。

ずっと僕の事を見ていたらしい。悪趣味だ。

もぞもぞと横を向こうとすると、イドリースに止められた。

「待て。動くな」

腹に零れた体液を布で拭き取ってくれる。おとなしくされるままになっていた僕は、イドリースが張りつめたままなのに気が付いた。

「あの、イドリースは……？」

遠慮がちに尋ねると、イドリースは少し困ったように微笑む。

「手でしてくれるか、ハル」

僕はまじまじとイドリースのそれを見つめた。今イドリースがしたみたいに、手で達かせて欲しいという事なのだろうか。

考えていただけなのにイドリースは嫌がっているのだと思ったらしい。脱ぎ捨てられていたトウブを引き寄せ、腰を隠した。

「いや……いい。俺の事は気にするな、ハル」

そのまま立ちあがろうとしたので僕は慌てて手を伸ばし、トウブの端を掴んで引っ張った。

「ハル？」

イドリースがぎょっとして動きを止めた。

「違います。そうじゃなくて、あの……僕の後ろに、イドリースの、入れ、ないんですか？」

イドリースは困ったように眉尻を下げた。

「いやそれは……やめておこう」

僕の躯を心配して、遠慮している。前回僕は酷く出血して何日も熱を出した。同じ事になるのを怖れているのだろう。

でもこれでは僕が物足りなかった。気持ちがいいだけの行為は自慰の延長に過ぎない気がする。

僕はもっとイドリースが欲しい。できうるだけ深く、深く繋がって、これまで失ってしまった時間を埋めたい。

「僕、ちゃんとイドリースのものになりたいんです。少しくらい痛くたって構いません。イドリースがいやでなければ、してください」

「いやな訳がないだろう」

そう言いつつも、イドリースは僕を抱いてくれようとしない。

焦れた僕は寝台の上をのそのそと這って、イドリースの前に進んだ。あぐらをかいたイドリースの膝を押して、割る。

「ハル？」

イドリースの足の間に座り込むと、僕は両手でイドリースのものを包んだ。熱く脈打つ表面に指を滑らせる。

達かれたら困るから、ごく軽く。やわやわと刺激する。

イドリースの眉間に皺が寄った。不機嫌そうに僕を睨む。

でも僕はやめない。いやでなければなんて言葉では言ったけれど、僕に引く気はない。絶対に最後までやってもらう。

——なぜなら、これがイドリースと抱き合える最後の機会だからだ。

雄を愛撫しつつイドリースの喉元にくちづけをすると、背を抱かれた。

ぬるりと躯が滑って、なんだか酷く淫猥《いんわい》な気分になる。

たっぷり垂らされたオイルは後ろだけではなく僕の前にも伝っていた。少しでも動くと
言い聞かせながらイドリースの指先は、オイルを擂《す》り込むように蕾を揉んでいる。

「ただのオイルだ。ここで愛し合うために必要なものだ」

「だって……!」

「ハル」

突然そこに冷たい液体が滴るのを感じ、僕はまた跳ね起きようとした。

触っても全然楽しくないであろう僕の尻を、イドリースは揉んだり撫でたりしている。

しまうのに。

力を抜けなんて無理だ。逞しいイドリースの躯に触れていると思うだけで僕は緊張して
剥き出しになっている尻を掴まれ、僕は身を竦めた。

「動くな。力を抜くんだ」

イドリースに制された。

るイドリースの躯の上に俯せた形になってしまう。重いだろうと身を起こそうとすると、
僕を抱きかかえたまま、イドリースは仰向けに躯を倒した。そのせいで僕は、厚みのあ
忌々《いまいま》しげにイドリースが呻く。

「強情な」

「力を抜け」

「あ……っ」

イドリースの指がつるりと僕の後ろに入ってきた。

思わず身じろぐと、オイルに濡れた僕の性器がイドリースの腹で擦られる。ぬるんと滑る感触に、僕は息を呑んだ。

「んっ」

どうしよう……気持ち、いい。

オイルのお陰か、僕の後ろはスムーズにイドリースの指を呑み込んでいる。イドリースの無骨な指がぬるぬると出入りする度、腰から力が抜けてしまうような、不思議な感じに襲われた。

躯中がむずむずする。

なんだかじっとしていられない。

でも少しでも動くと、前が擦れてしまう。

「あ……ん……っ」

追いつめられ、僕は喘いだ。イドリースの低く艶やかな声が耳朶をくすぐる。

「どうした、ハル」

「なんでも……ない……」

前も後ろも気持ちよくて困るなんて、そんな事は、言えない。

僕は声を殺して喘ぎ、込み上げてくる熱をこらえようとした。

油断すると、はしたなくイドリースの躯に性器を擦りつけてしまいそうだ。

うんと淫らな痴態を晒してしまいそう。

ぐ、と後ろが押し開かれた。増やされた指にぬくりと奥まで圧迫される。腹の中が押されるような感じがして苦しいけど、以前のような恐怖はない。

「う……ま……だ……？」

「まだだ。もう一本指が入るようになるまで、柔らかくする」

イドリースの指が執拗に躯の中で蠢く。疼きが膨れあがってゆく。もう我慢できそうにない。僕は唇を舐めた。

「あの、イドリース。もう、いいです」

「だめだ」

そっけない言葉に、僕は身をくねらせた。

「だめじゃないです。もう、してください」

「ハル、無茶をしたらどうなるかわかっているだろう？」

「でも、いや。我慢、できないんです……っ」

イドリースの頭を挟むようにシーツの上に両手を突き、僕は上体を持ちあげた。目に涙を滲ませ睨み付けると、イドリースも眉間に皺を寄せた。

「……人の気も、知らないで……」

「イドリース、して」

やけになって駄々《だだ》を捏《こ》ねると、あっさりと指が抜かれた。イドリースが僕の躯を軽々と仰向けに転がす。太腿を鷲掴みにし、大きく足を開かせる。

僕は息を呑んだ。

イドリースが入ってくる。

ひどく大きくて熱い塊が僕の躯の中にめりこむのを感じる。

痛くない、とは言えない。

でも僕は、穏やかな気持ちでこの痛みを受け止めた。

これが、イドリース。

これが、イドリースと愛し合うって事。

鳥籠の中で僕たちはひとつになった。

ゆっくりと奥まで突き入れたイドリースが、一度動きを止める。痛みに脂汗《あぶらあせ》をかいている僕の額にキスをし、心配そうにささやく。

「痛いのだろう」

「……平気」

いいから、して。もっとして。僕の中で、射精して。

全部、全部、受け止めたい。

イドリースの全部を、僕のものにしたい。

「仕方のないヤツだ」

イドリースの腰が引かれた。抜ける直前で止まり、またぐうっと突き入れられる。

僕を気遣った穏やかな律動。

「ん……っ」

唇を噛み、僕はその衝撃をやり過ごした。

我慢していると、イドリースが僕の性器を掌で包む。腰を使いながら、しごき始める。

「や……あ……っ、イドリース、いや……っ」

苦痛と快楽を同時に味わわされ、僕はもがいた。でも躯は煽られるまま上り詰めてゆく。

やがて僕は仰け反った。

びくびくと痙攣する肉壁でイドリースを締め付ける。シーツの上に白濁が撒き散らされる。

イドリースもまた、僕の中に放ってくれた。体奥に放たれた精がひどく熱く感じられて、僕はおののいた。

これで僕は、イドリースのものになったんだ。

あいしている、とささやくと、イドリースも同じ言葉を返してくれた。
嬉しかった。
もうこれで死んでもいいと思うくらい幸せで、目尻に涙が滲んだ。

一八

気が付くと僕は白い陶器のバスタブに浸かっていた。湯の中には、鮮やかな赤い花びらが落とされている。

バスタブの縁には既に左目に眼帯をあてたイドリースが座っている。

サイドテーブルの上では、香炉が官能的な香りを放っていた。エキゾチックで、でもすごく鼻に馴染む、甘い、匂い。

イドリースの匂い。

「この匂い……よく、キャンプを訪ねてきたイドリースの服から香っていた」

掠れた声でつぶやくと、イドリースが掌で湯をすくって肩にかけてくれた。

「ああ、そうかもしれないな。昔はよく焚《た》いていた。今は使用人を減らしたから滅多に香まで焚かないが」

夢と現の狭間を彷徨っていた僕に目覚めを教えてくれたのは、イドリースの匂いだった。なにも覚えていなくても、僕の根底にはちゃんとイドリースがいた。

随分回り道をしたけれど、僕はずっとこの人が好きだった。

「イドリース」

掠れた声でねだると、イドリースが身を屈めキスしてくれる。

嬉しいのに、泣きたくなった。

抱いてくれて、ありがとう。

もう、充分。

幸せな気分で僕は小さなあくびをする。躯の芯に鈍痛があるけれど、今は眠気の方が強い。無茶な行為に僕の脆弱な躯は疲れ切っている。

イドリースが濡れた僕の髪を指で梳いた。

何か言っているのが聞こえたけれど、僕はそのまま目を閉じた。

瞼にイドリースの唇が押し当てられる。おやすみのキスが与えられる幸福に、僕は微笑んだ。

もう怖い夢は見ない。

これを最後に離れても、僕はイドリースの事を忘れない。

今度は僕が恋い焦がれ続ける。イドリースの事を。永遠に。それが僕への罰なのだ、きっと。

切ないような甘い感情が僕の内を満たす。

イドリースの事を想いながら、僕は眠りに落ちていった。

籠から逃げた鳥

ザハラムの空港もまた、白い砂漠の中にあった。

高層ビルが建ち並ぶ都市と王宮が遠く望める。どちらも熱せられた空気のせいで揺らめき、蜃気楼《しんきろう》のようだ。

きらびやかな王宮を見つめる僕を、和彦《かずひこ》が穏やかに急かす。

『行こう、ハル』

『――そうだね』

路子《みちこ》と栄治《えいじ》は、タラップの前で飛行機を見上げている。

『帰りはザハラム航空じゃなくて、日本の飛行機なのね』

『直行便はなかった筈だけど、チャーター機なら飛ばせるのかな』

無邪気に写真を撮ったりし始めた兄妹の姿に、僕はほんの少しだけ口元を緩めた。

僕は今日、ザハラムを離れ日本に帰る。

イドリースの部下だという人が僕達を空港まで送ってくれた。だがイドリースは見送りにすら来てくれなかった。

――大丈夫なのかな。

一夜を共にしたばかりの恋人が姿を現さなかった事に、僕は不安を誘われていた。

――昨夜の事が誰かに知られた、なんて事はないよね？

イドリースの部下達は、どうしても外せない公務に出ているのだとしか言わない。僕にはその言葉を信じるしかない。寂しいけれど、元気でいてくれるならいいと僕は思う。

「さよなら」

小さく呟いて僕はタラップを昇った。僕達家族が乗り込むと、日本人のキャビンアテンダントがシートベルトをするよう指示し、飛行機は滑走路への移動を始めた。

機内はそれなりに広かったが、見える範囲には僕達しか乗っていなかった。通路前方にはカーテンが引かれていたから、その奥には誰かが乗っているのかもしれない。

飛行機は滑らかに離陸し、ザハラムを離れる。徐々に遠離《とおざか》っていく白い砂漠を僕は切なく見つめた。

怠《だる》い、な。

まだ万全とは言えない僕の躯は、イドリースの愛を受けて発熱していた。躯の奥がしつこく痛む。

飛行機がザハラムの上空を離れ、飲み物のサービスが始まった頃、カーテンが引かれた前部座席からアラビア語を話す声が聞こえてきた。

コーヒーをもらおうとしていた僕は凍り付いた。

——この、声。

『ハル？』

隣に座っていた和彦を押しのけ、通路に出る。キャビンアテンダントの制止を無視して前に進み、閉まっていたカーテンを引く。

ゆったりと配置された座席の一つに、イドリースが座っていた。初老の男性が映ったPC画面に向かって何か話している。僕が入って来たのに気が付くと、軽く手を翳《かざ》し一言だけ英語を発した。

「静かに」

――――どうして。

僕は空いていた座席のひとつにへたへたと座り込んだ。

「なぜ、この飛行機にイドリースが……？」

小さな声で呟くと、思わぬ方向から返事が帰ってきた。

「愚問だな」

少し離れた席でハサンがスコッチのグラスを傾けていた。

「ハサン？　どうしてハサンまでここに？」

「そりゃ、私だけザハラムに残っていたら、イドリースの兄上に殺されかねんからだろう」

苦い笑みを見せ、ハサンはグラスを口に運ぶ。氷がからからと快《こころよ》い音を立てる。

嫌な予感に足が震えた。

「――――イドリースはザハラムの王様になるんですよね？」

輝かしい未来がイドリースの前には開けている筈《はず》だった。だから僕は諦めようと心を決めたのだ。僕のために王位に就《つ》けない、などという事があっていい訳がないから。

でもハサンはあっさり肩を竦《すく》めた。

「もう無理だろうな。今、イドリースが父王に洗いざらい話している所だ」

「話すって何をですか？」

「俺は罪人であり、王位は継げないという事だ」

不意にイドリースの声が聞こえた。話が終わったのだろう、ＰＣの画面を閉じている。

「どうして、イドリース……！」

「こうするのが正しいからだ」

「ハルを手に入れるために決まっている。言っただろう？　イドリースは冷静なようでいて思い詰める所のある男だと」

酔ったハサンが軽口を叩く。僕は狼狽《ろうばい》した。

「そんなの駄目です！」

僕はそんな価値のある人間じゃない。

左目に、全身に残る銃創《じゅうそう》に、鳥籠《とりかご》で僕に捧《ささ》げた二年間。それだけでも多すぎるのに、更に王位まで僕のためになげうとうとしているのだろうか、この人は。

――そんなの、間違ってる。

空恐ろしい状況に震える僕に向かって、イドリースは唇《くちびる》の端《はし》を上げてみせた。

「ハルの気持ちが俺の上にあるとわかったのに、なぜハルと離れねばならないのだ」

「でもイドリースは王子様ですし、次の王様になるって……」

「ハル、俺は俺にとって何が一番大切なのか知っている。俺には優秀な兄弟がいる。俺がいなくてもザハラムが揺らぐ事はない。それに国を出てもザハラムのために働く事はできる。今は昔と違って通信網も発達している」

ハサンもまた平然としていた。

「王はイドリースの主張を理解されたようだぞ。イドリースに新たな役目を与えられるそうだ。王ではあるが、あの方はかなりの親馬鹿だ。ましてやイドリースは王の一番のお気に入りだったからな。戒律を守れず国外へ逃げたからといって、見捨てたりはせんよ。イドリースの事は外国で療養に専念するため出国したと発表するそうだ」

生まれ育った国に帰れなくなるかもしれないのに、イドリースには全く動じる様子がない。ハサンが言うように、それなりに丸く収まりつつあるんだろうか。

そうだといいと、僕は思う。

僕としてもようやく思いが通じた人と離れなければならないというのは、とてもつらかったのだ。

「でも、いいんですか？　イスラム教では同性愛は認められていないんですよね」

「そういう葛藤《かっとう》はハルが眠っている間にとっくに乗り越えた。俺はこうと決めたらくよくよ思い悩むような人間ではない」

「じゃあ僕達、これからも一緒にいられるんですか？」

おずおずと尋ねると、イドリースが目元を緩めた。

「そうだ」

じわ、と涙が浮いてくる。イドリースがテーブルを退かせ、両手を広げる。ここにおいでというように。

あの胸に飛び込んで、キスしたい。

そう思ったけれど——

『ねえ、ハル兄？　そちらの方、どなた？　ザハラムのお友達？』

興奮に上擦った声に、僕は硬直した。

振り返ると、僕の家族全員がカーテンをめくりあげ、興味津々《しんしん》覗き込んでいた。

両親は、いい。父も母も英語がわからない。でも兄と妹は違う。三人とも僕と同じくらいには英語を使いこなせる。

『う……うん……』

三人とも物問いたげな顔をしているが、さすがに眼帯《がんたい》の下に怖ろしげな傷痕まで走らせたイドリースの迫力に切り出す勇気が出せないでいる。その分微妙な視線が僕に突き刺さって、痛い。

とりあえず紹介しようと僕は立ち上がった。

『あの、こちら、イドリース殿下』

路子が素《す》っ頓狂《とんきょう》な声を上げた。

『やっぱり!? ハル兄を助けた王子様なんだ!』

「はじめまして、ハルの兄の栄治です。弟が大変お世話になりました。弟を保護してくださった事に、感謝します」

栄治が進み出る。口元は一応笑みの形になってはいたが、その目つきは険悪だったし、頬もひきつっていた。

「あの、イドリース殿下。兄の栄治と和彦、それから妹の路子です。後ろにいるのが父と母」

一人一人を簡単に紹介すると、イドリースは鷹揚《おうよう》に頷いた。

実に王子様らしい偉そうな態度だ。

それにしても――困った。

「ちょっと、失礼」

儀礼的な微笑みを浮かべた栄治にがっしと左腕を捕らえられ、そのまま有無を言わさず連行される。

元の席へと押し込まれた僕を三人の兄弟が取り囲んだ。

『ハル兄っ、さっきイドリース殿下とすっごい話してなかった!?』

『あの男とどういう関係なんだ、ハル』

『おまえ学生時代、彼女いなかったっけ？』

『そういえばどういう流れであの男の世話になる事になったんだ、ハル。この際だ、最初から全部聞かせてもらおうじゃないか』

『あ――――あの――――』

　前のめりになって迫ってくる兄弟達に僕はもう、たじたじだ。窓に背中を押しつけるようにして脂汗を流していると、兄達の後ろに白い影が立った。

「失礼。――――ハル」

「い、イドリース！」

　イドリースの腕の中に逃げ込みたかったが、僕達の間には兄達がいる。栄治はすばやく振り向くと、イドリースに氷のような目を向けた。

「何か御用ですか、王子様」

　栄治の中ではイドリースはもはや僕の命の恩人ではなく、大事な弟に言い寄る変態へと変貌してしまったらしい。イドリースを全身で警戒している。

　イドリースは敵意を剥《む》き出《だ》しにした栄治に怯む事なく、悠然と微笑んだ。

「俺に関する話をしているんじゃないかと思って来たんだが、違ったか？」

……………鋭い。

でも、どうしよう。

イドリースと僕の関係を問いつめられているのだと言ったら、イドリースは何の躊躇《ためら》いもなく恋人だと言ってのけるだろう。でも簡単にそんな事を言ってしまっていいんだろうか。

僕は、迷う。

イドリースの事は好きだ。

でも僕の家族はきっと、同性の恋人なんて容易には受け容れられない。

かと言ってイドリースをただの友達だなんて紹介する事もできない。そんなの嘘だし、第一イドリースを傷付ける。

ザハラムで別れるのだと思っていたから、僕はこんな事態を全く想定していなかった。

「あの」

「なんだ、ハル」

嚙み付くように栄治が尋ねる。

「あの、ちょっと、タ、タイム……」

「ええ!?　タイムぅ!?」

一時保留を申し出た僕に、路子が眉を上げた。

「ごめん、でも僕、思いがけない事がいっぱいありすぎて、まだ混乱していて……ちょっと猶予が欲しい。言いたくないんじゃなくて、ちゃんと考えてから話したいんだ。その場の勢いで適当に話したくない」

しん、とその場が静まり返った。イドリースも兄達も口を噤《つぐ》んでいる。

路子だけが長い髪を揺らし、僕の顔を覗き込んだ。

『ねえ、それってつまり、そうゆう事なの？　ハル兄、ザハラムにいる間にそうゆう事になっちゃったの？　でも、なんで!?』

『路子』

和彦が静かに路子を遮った。

『とりあえず、ハルが落ち着くまで待とう。ちゃんと説明するって言っているんだ。そう、せかさないでやれ』

『だって、気になる！　待てないよー』

皆の後ろでイドリースは静かに僕を見つめていた。

「そうか……そうだな。驚かせて悪かった、ハル。俺はいつもハルを振り回してばかりいるな」

「ううん。僕が――器用じゃないだけ。僕ね、本当にわからないんだ。今回の事、喜んでいいのか、無茶するなってイドリースを怒るべきなのか」

「ハルに怒られるのは、怖いな」

ふっと空気が甘くなる。

イドリースは本当はちっとも怖がっていない。ただ、喜んでいる。僕がイドリースの事を真剣に考え怒ろうとしているのが嬉しいのだ。

しかし甘酸っぱい雰囲気は長くは続かなかった。僕らの間に、栄治が割って入ってくる。

「男同士で見つめ合うな！　あんた、家族団欒の邪魔をしないで、自分の席へ帰れよ」

「エイ兄、殿下に失礼だよ」

「俺は日本人だし、ここはもうザハラムじゃない。俺がこの男に平伏《へいふく》せねばならない理由などない」

「ははは、なんだかイドリースの兄上みたいのがいるな」

琥珀色の液体がなみなみと入ったグラスを持ったまま、ぶらぶら見物しに来たハサンが笑っている。

栄治はハサンの事もきっとなって睨み付けているし、路子は説教を始めた和彦に唇を尖らせている。

英語がわからない両親はマイペースに映画を見始めたようだ。

僕は、溜息をついた。

イドリースが一緒に日本まで来るのは嬉しい。でも日本に着いたら着いたで、また別の波乱が待っていそうだ。

「まあ――いっか」

日本は自由な国だ。

偏見はあるが、同性を愛したからと言って、罰せられる事はない。

「イドリースが死刑になる事は、ないんだし」

命さえあれば、なんとでもなる。

「とりあえず、皆に何て説明しようかな……」

僕はシートに身を沈め、眼下に広がる雲の海を眺めた。

■あとがき■

こんにちは。成瀬かのです。

この度は「砂の国の鳥籠」を手にとっていただき、ありがとうございます！

初チャレンジのアラブものです。

一度雑誌に載せていただいたお話ですが、文庫にしていただくにあたり、かなり手を入れ、どうしても入れたかった書き下ろしも付け加えました。晴とイドリースのその後！

プロットでつまずいたせいかなかなか筆が進まず、苦しみながら書き上げたお話ですが、大好きな無骨健気攻を思う存分書けて大満足です。ふう。

カニスは映画とかで出てくる精悍な体躯と三角耳がかっこいい！と思ってドーベルマン・ピンシャーにしたのですが、調べてみたらあれは人が断尾・断耳してああいう容姿に整えるんですね。

たとえお話の中でも切っちゃうなんていやだったので、カニスは生まれたままの垂れ耳・長尻尾のままにしました。

なんだか当初の趣旨からずれてしまいましたが、ドーベルマンのあのほっそりとした顔だちと筋肉質の肢体、忠誠心の高さはカニスのイメージにぴったりなので、三角耳じゃなくなってもこれでよかったと思っています。
お話を作るため調べ物をしていると、毎回新しい発見があって面白いです。

三枝シマ様。雑誌に引き続き素敵な挿絵をありがとうございました。
可愛らしいハルの絵、見る度うっとりしちゃいます！

此処まで読んで下さってありがとうございました！
お仕事徐々に増やしつつ頑張っておりますので、また次の本も見ていただけると嬉しいです。

加藤ショコラの名前で同人活動もしています。
http://karen.saiin.net/~shocola/dd/dd.html
時々商業誌番外編同人誌とかも出したりしています。

初出
「砂の国の鳥籠」小説ショコラ2011年1月号・3月号掲載作品に加筆修正
「籠から逃げた鳥」書き下ろし

CHOCOLAT BUNKO

この本を読んでのご意見、ご感想をお寄せ下さい。
作者への手紙もお待ちしております。

あて先
〒171-0021東京都豊島区西池袋3-25-11第八志野ビル5階
(株)心交社　ショコラ編集部

砂の国の鳥籠

2011年10月20日　第1刷

著　者:成瀬かの
発行者:林 高弘
発行所:株式会社　心交社
〒171-0021　東京都豊島区西池袋3-25-11
第八志野ビル5階
(編集)03-3980-6337 (営業)03-3959-6169
http://www.chocolat_novels.com/
印刷所:図書印刷 株式会社